絶叫学級

つきまとう黒い影 編

いしかわえみ・原作/絵
桑野和明・著

集英社みらい文庫

絶叫学級《ぜっきょうがっきゅう》

つきまとう黒い影 編

75時間目《じかんめ》

愛《いと》しのぬいぐるみ

プロローグ

皆《みな》さん、こんにちは。
絶叫学級《ぜっきょうがっきゅう》へようこそ。
私《わたし》の名前《なまえ》は黄泉《よみ》。
恐怖《きょうふ》の世界《せかい》の案内人《あんないにん》です。
長《なが》い黒髪《くろかみ》と金色《きんいろ》の瞳《ひとみ》をもつ女《おんな》の子《こ》です。
下半身《かはんしん》は見《み》えないと思《おも》いますが、お気《き》になさらず。
こうやって、ちゃんと話《はな》すこともできますので。
それでは、授業《じゅぎょう》を始《はじ》めましょう！
皆《みな》さんの部屋《へや》には、ぬいぐるみがありますか？
クマやウサギ、パンダ、ネコなどの動物《どうぶつ》。

かわいいお姫様《ひめさま》やかっこいい王子様《おうじさま》。
ドラゴンや妖精《ようせい》のような、架空《かくう》の生《い》き物《もの》のぬいぐるみもあります。
ぬいぐるみがそばにあると、いやされますよね。
彼《かれ》らはふわふわで、もこもこで、さわり心地《ごこち》がいい大切《たいせつ》な友《とも》だちなのですから。
今回《こんかい》は、そんなぬいぐるみにまつわるお話《はなし》です。

縫山《ぬいやま》くるみはシュシュでまとめた髪《かみ》をゆらして、細《ほそ》い通学路《つうがくろ》を歩《ある》いていた。道《みち》にそって生《は》えている草木《くさき》の葉《は》が朝露《あさつゆ》にぬれて、きらきらと輝《かがや》いている。

秋《あき》の終《お》わりの冷《つめ》たい空気《くうき》を感《かん》じて、くるみは体《からだ》を震《ふる》わせた。

(そろそろ、セーターだけじゃ寒《さむ》くなってきたな)

白《しろ》い手《て》でやわらかなセーターにふれる。

(明日《あした》からコートでも着《き》ようかな。スカートにも、ニーハイのソックスを合《あ》わせて……)

そんなことを考《かんが》えていたら、

「くるみさん、おはよう」

背後《はいご》から女《おんな》の子《こ》の声《こえ》が聞《き》こえてきた。振《ふ》り返《かえ》ると、となりのクラスの静香《しずか》がいた。

「あっ、おはよう」

くるみは笑顔《えがお》であいさつを返《かえ》す。

「静香《しずか》さん、昨日《きのう》は絶叫《ぜっきょう》ランドに行《い》ったんだよね。楽《たの》しかった？」

「うん。おばけ屋敷《やしき》が最高《さいこう》に怖《こわ》くて、パパがすごい悲鳴《ひめい》をあげちゃったの」

ふたりはおしゃべりをしながら歩《ある》きだした。

「へーっ、大人《おとな》でも怖《こわ》がるんだ？」

「パパはおばけ屋敷《やしき》が大《だい》の苦手《にがて》なの。あ、そうそう」

静香《しずか》はくるみにストラップを三《みっ》つ渡《わた》す。

「これ、おみやげだよ。麻子《あさこ》さんとリオさんにも渡《わた》しておいて」

「えっ？　いいの？」

「くるみさんたちには、前《まえ》に手作《てづく》りのクッキーもらったからね。そのお返《かえ》しだよ」

「わあーっ、ありがとう。かわいい！」

くるみは受《う》けとったストラップを見《み》つめる。ストラップは二種類《しゅるい》あり、あざやかな色《いろ》のヒモがついていた。

「こっちはゴーストちゃんで、もう一《ひと》つは………あ、ギャ王《おう》か」

「最近《さいきん》、売《う》りだしたみたいだよ」

「ほんとにもらっていいの？」

「もちろん。じゃあ、麻子《あさこ》さんたちによろしく伝《つた》えておいてね」

「うんっ！　ありがとう」

くるみは静香《しずか》にお礼《れい》を言《い》った。

・

六年《ねん》二組《くみ》の教室《きょうしつ》に入《はい》ると、くるみは、麻子《あさこ》とリオがしゃべっている窓際《まどぎわ》の席《せき》にむかった。

麻子《あさこ》はショートボブが似合《にあ》う運動《うんどう》が得意《とくい》な女《おんな》の子《こ》で、リオはツインテールで小柄《こがら》な女《おんな》の子《こ》だ。ふたりともくるみの友《とも》だちだった。

「おはよう、麻子《あさこ》、リオ」

「あっ、おはよーっ」

あいさつをかわしたあと、くるみは静香《しずか》からもらったストラップを机《つくえ》の上《うえ》においた。

「これ、静香《しずか》さんからのおみやげだよ。私《わたし》たちにくれるって」

「うわっ！　ゴーストちゃんだ！」

麻子《あさこ》が瞳《ひとみ》を輝《かがや》かせた。

「人魂《ひとだま》キャラのゴーストちゃんが人気《にんき》なんだよね。私《わたし》も好《す》きなんだ。ギャ王《おう》はユーレイの王様《おうさま》だっけ？」

「うん。頭《あたま》でっかちで、王冠《おうかん》かぶってるんだよね」

リオはギャ王《おう》のストラップを指《ゆび》でつつきながら、つづける。

「ちょっとまぬけな感《かん》じがする。私《わたし》もゴーストちゃんのほうが好《す》きかも。花《はな》の首飾《くびかざ》りがかわいいし」

麻子《あさこ》もリオも、ゴーストちゃんを気《き》に入《い》っているようだった。

(私《わたし》もギャ王《おう》よりゴーストちゃんだな。オシャレだし、これをカバンにおそろいでつけたら……………あ…………)

くるみは開《あ》いた唇《くちびる》に手《て》を寄《よ》せた。

(そっか。ゴーストちゃんは二個《こ》しかないから、みんなおそろいにはできないんだ。誰《だれ》かひとりはギャ王《おう》になっちゃう)

「ゴーストちゃんは二個《こ》かぁー」

リオが困《こま》ったような顔《かお》をして腕《うで》を組《く》んだ。

「どうしようか？」

すると、いきなり、

「くるみは、ギャ王《おう》でもいい？」

麻子《あさこ》がギャ王《おう》のストラップを手《て》にとり、くるみに差《さ》しだしてきた。

「あ……う、うん」

くるみは強張《こわば》った顔《かお》でうなずいた。

(ああ……また、本当《ほんとう》の気持《きも》ちが言《い》えなかった)

「ありがとう！　くるみ」

リオがうれしそうにゴーストちゃんのストラップに手《て》を伸《の》ばす。

「やっぱ、くるみは優《やさ》しいよね」

「ううん。私《わたし》、ギャ王《おう》のほうが好《す》きだから」

ぱたぱたと両手《りょうて》を左右《さゆう》に振《ふ》って、くるみは笑顔《えがお》をつくった。

「ギャ王《おう》も目《め》がくりっとしてて、意外《いがい》とかわいいんだよ」

「へーっ、そうだったんだ。私《わたし》は断然《だんぜん》ゴーストちゃんだな」

リオは早速《さっそく》、カバンにゴーストちゃんのストラップをつける。

「おおーっ、いい感《かん》じ」

「私《わたし》もつけてみよーっと」

麻子《あさこ》も、リオにならってストラップをつけた。

同《おな》じストラップをつけて盛《も》りあがっているふたりを見《み》て、くるみは唇《くちびる》を強《つよ》くかんだ。

(いいなぁ。私《わたし》もゴーストちゃんがほしかったよ。そしたら、三人《にん》で盛《も》りあがれたのに)

ギャ王《おう》のストラップをにぎりしめて、自分《じぶん》の席《せき》にむかおうとしたら、

「あっ、くるみ」

リオが肩《かた》をたたいてきた。

「算数《さんすう》の宿題《しゅくだい》やってきてるよね？　写《うつ》させて」

「えっ？　やってないの？」

「うん。すっかり忘《わす》れててさ」

リオはおがむように胸元《むなもと》で両手《りょうて》を合《あ》わせた。

「お願《ねが》いします！　くるみ様《さま》」

「ちょっと、リオ」

麻子《あさこ》がリオのほおを人《ひと》さし指《ゆび》でつついた。

「あんた、この前《まえ》もくるみに宿題《しゅくだい》見《み》せてもらってたじゃん」

「いやぁー、くるみは算数得意《さんすうとくい》だしさ。私《わたし》がまじめに宿題《しゅくだい》やるよりまちがいがないし。それに、字《じ》もきれいで読《よ》みやすいから」

「そんなんじゃ、勉強《べんきょう》にならないって」

「わかってる。次《つぎ》はちゃんとやるから」

そう言《い》って、リオはくるみの肩《かた》に手《て》をまわした。

「ってわけで、よろしくね」

「う………うん」

くるみは、ほおをぴくぴくと動《うご》かしながらうなずいた。

家《いえ》の玄関《げんかん》を開《あ》けると、母親《ははおや》がリビングから顔《かお》をだした。

「おかえりーっ」

「…………」

くるみは無言《むごん》で靴《くつ》をぬぐ。

母親《ははおや》の眉間《みけん》にしわが寄《よ》った。

「ただいまぐらい言《い》いなさいよ」

「…………ただいま」

暗《くら》くて低《ひく》い声《こえ》が自分《じぶん》の口《くち》からもれる。

そのままリビングの前《まえ》を通《とお》りすぎ、階段《かいだん》をのぼっていると、背後《はいご》から母親《ははおや》の声《こえ》が聞《き》こえてきた。

「どうして、学校《がっこう》から帰《かえ》ってくると、いつも不機嫌《ふきげん》なの？」

(友《とも》だち同士《どうし》のつきあいが大変《たいへん》なんだよ)

心《こころ》の中《なか》でくるみは答《こた》えた。

(嫌《きら》われたら、仲間《なかま》はずれにされちゃうかもしれない。だから、気《き》をつかっていい人《ひと》を演《えん》じてるんだよ。それなのに、家《いえ》でまで、にこにこしてられないって)

自分《じぶん》の部屋《へや》のドアを開《あ》けて、ベッドに体《からだ》を投《な》げだす。

「はあーっ、疲《つか》れたぁー」

くるみは仰《あお》むけになって、スカートのポケットからギャ王《おう》のストラップをとりだした。

「あーあ、私《わたし》もゴーストちゃんのストラップがよかったな。ギャ王《おう》なんて、好《す》きでもなんでもないのに」

ゴーストちゃんのストラップをカバンにつけて喜《よろこ》んでいる麻子《あさこ》とリオの姿《すがた》が、くるみの脳内《のうない》で再生《さいせい》される。

ぷっと、くるみのほおがふくらんだ。

「ふたりとも自分勝手《じぶんかって》すぎるよ。すぐに自分《じぶん》の好《す》きなストラップ選《えら》んじゃってさ。宿題《しゅくだい》のことだって、これで三回目《かいめ》じゃん。まじめにやってる私《わたし》がバカみたいだよ」

視線《しせん》を動《うご》かすと、まくらの横《よこ》にヒツジのぬいぐるみがあることに気《き》づいた。

くるみはいらいらをぶつけるようにぬいぐるみをわしづかみにする。ぬいぐるみの顔《かお》がぐにゅりと変形《へんけい》した。

「ほんとストレスたまるよ」

くるみは、こぶしでぬいぐるみの顔《かお》をたたいた。

「宿題《しゅくだい》は、自分《じぶん》でやらなきゃダメじゃん！　勝手《かって》に私《わたし》がギャ王《おう》でいいとか言《い》わないでよ！」

ぬいぐるみをたたくたびに、ボフボフと音《おと》がする。

「どうして！　どうして！　どうしてっ！」

夢中《むちゅう》になってなぐりつづけていると、ぬいぐるみのぬい目《め》が破《やぶ》けて、中《なか》の綿《わた》が飛《と》びだしてきた。

「あ………」

口《くち》を半開《はんびら》きにして、綿《わた》の飛《と》びだしたぬいぐるみを見《み》つめる。

「しまった。また、やっちゃったよ」

ため息《いき》をついて、くるみは頭《あたま》をかいた。

くるみは破《やぶ》けたぬいぐるみを持《も》って、リビングのドアを開《あ》けた。

「ママ、ぬいぐるみが壊《こわ》れちゃった」

「はぁ？　壊《こわ》れた？」

母親《ははおや》の整《ととの》った眉《まゆ》が吊《つ》りあがった。

「また、ぬいぐるみを壊《こわ》したの？　これで何個目《なんこめ》よ？」

「え、えーと、八個《こ》か九個《こ》だっけ？」

「十五個以上《こいじょう》よ」

「あれ、そんなに多《おお》かった？」

「物置《ものおき》にまとめておいてあるから、数《かぞ》えてきたら」

「い、いや。そこまでしなくても」

くるみはぎこちなく笑《わら》った。

「笑《わら》い事《ごと》じゃないのっ！」

母親《ははおや》は木製《もくせい》のテーブルを平手《ひらて》でたたいた。

「ものは大事《だいじ》にしないとダメでしょ」

「ママはものをとっておきすぎだって。使《つか》えなくなったものまで物置《ものおき》に放《ほう》りこんでるじゃん。さっさと捨《す》てればいいのに。壊《こわ》れた目覚《めざ》まし時計《どけい》とか、ひびが入《はい》ったコップとか。私《わたし》が昔遊《むかしあそ》んでた積《つ》み木《き》だってもういらないよ」

「それは………」

母親《ははおや》はもごもごと口《くち》を動《うご》かした。

「とっ、とにかく、大切《たいせつ》に扱《あつか》わないのなら、もうぬいぐるみは買《か》わないからね」

「えーっ！　そんなのひどいよ！　ぬいぐるみがないと困《こま》るのに」

「困《こま》るなら、なんで壊《こわ》したりするのよ？」

「それは………」

（イヤなことがあった時《とき》に、ストレス発散《はっさん》でなぐってるなんて言《い》えないよなあ）

くるみはぷっと唇《くちびる》をとがらせた。

「もういいよ。ママのいじわる！」

リビングをでて、くるみは階段《かいだん》をかけあがった。

自分《じぶん》の部屋《へや》に戻《もど》って、クローゼットの扉《とびら》を開《ひら》く。中《なか》には洋服《ようふく》が十数着《じゅうすうちゃく》かけられていて、その下《した》にプラスチック製《せい》の物入《ものい》れがおかれていた。

「えーと……たしか、この中《なか》に………」

物入《ものい》れのフタを開《あ》けると、中《なか》には漫画《まんが》やおもちゃといっしょに、クマのぬいぐるみが入《はい》っていた。

「クマ吉《きち》発見《はっけん》！」

くるみは両手《りょうて》でクマ吉《きち》を持《も》ちあげた。クマ吉《きち》はくるみが初《はじ》めて買《か》ってもらったぬいぐるみだった。三十センチほどの大《おお》きさで、色《いろ》は茶色《ちゃいろ》で黒《くろ》い小《ちい》さな目《め》がついている。手足《てあし》の部《ぶ》分《ぶん》は細《ほそ》く、少《すこ》し汚《よご》れていた。

「昔《むかし》はいつもクマ吉《きち》といっしょに遊《あそ》んでたなぁ。あのころはストレスなんかなくて、幸《しあわ》せだったよ」

くるみはじっとクマ吉《きち》の顔《かお》を見《み》つめる。

「おまえは気楽《きらく》でいいよな。勉強《べんきょう》しなくていいし、友《とも》だちづきあいなんて、考《かんが》える必要《ひつよう》もないんだから」

クマ吉《きち》のほおの部分《ぶぶん》を指《ゆび》でつねる。

「のんきな顔《かお》しちゃってさ」

その時《とき》、ドアのむこう側《がわ》から母親《ははおや》の声《こえ》が聞《き》こえてきた。

「くるみっ！　グループ発表《はっぴょう》の調《しら》べ物《もの》があるんでしょ。晩《ばん》ごはんの前《まえ》にさっさとやっちゃいなさい！」

「わかってるって！　今《いま》からやるつもりだったんだから」

そう言《い》って、くるみは持《も》っていたクマ吉《きち》をフローリングの床《ゆか》に放《ほう》り投《な》げた。


次《つぎ》の日《ひ》の朝《あさ》、教室《きょうしつ》の扉《とびら》を開《あ》けると、麻子《あさこ》とリオがかけ寄《よ》ってきた。

「くるみっ！　グループ発表《はっぴょう》の調《しら》べ物《もの》やってきた？」

麻子《あさこ》の質問《しつもん》に、くるみはうなずく。

「うん。私《わたし》の担当《たんとう》は町《まち》の歴史《れきし》だったから、ちゃんと年表《ねんぴょう》作《つく》ってきたよ」

「あのね、私《わたし》とリオ、まだ終《お》わってないの」

「えっ？　今日《きょう》の六時間目《じかんめ》に発表《はっぴょう》だよね？　どうするの？」

「だから、今《いま》やってるの」

麻子《あさこ》は自分《じぶん》の机《つくえ》を指《ゆび》さした。机《つくえ》の上《うえ》には白《しろ》い模造紙《もぞうし》と数本《すうほん》のペンがおかれていた。

「町《まち》の人口《じんこう》のグラフが、まだできてないんだよ」

「私《わたし》は資料《しりょう》をのりづけしてないのと………」

リオは持《も》っていた町《まち》の写真《しゃしん》をくるみに見《み》せながら、言葉《ことば》をつづける。

「………まとめの文章《ぶんしょう》が、まだ」

「どうして、やってないの？」

「今日《きょう》が発表《はっぴょう》の日《ひ》って、忘《わす》れてて………」

「くるみ、お願《ねが》い！」

麻子《あさこ》が顔《かお》の前《まえ》で両手《りょうて》を合《あ》わせた。

「手伝《てつだ》って！　みんなで協力《きょうりょく》してやれば、間《ま》にあうと思《おも》うから。昼休《ひるやす》みもあるし」

「協力《きょうりょく》って………」

くるみの表情《ひょうじょう》がかたくなる。

「くるみさん」

その時《とき》、同《おな》じグループの陽一《よういち》がくるみの名《な》を呼《よ》んだ。

「ごめん。じつは僕《ぼく》と浩太《こうた》も、まだ終《お》わってないんだ」

「えっ？　陽一《よういち》くんたちも？」

「うん。僕《ぼく》たちの調《しら》べ物《もの》も手伝《てつだ》ってくれないかな？　資料用《しりょうよう》の本《ほん》は持《も》ってきてるから」

「…………」

くるみは唇《くちびる》を真《ま》一文字《いちもんじ》に結《むす》んだ。

（どういうこと？　うちのグループでちゃんとやってきたの、私《わたし》だけじゃん。どうして、まじめにやってきた私《わたし》が昼休《ひるやす》みまで返上《へんじょう》して、手伝《てつだ》わないといけないの？　こんなのやってられないよ）

だらりとさげていた両手《りょうて》がこぶしの形《かたち》に変《か》わり、小刻《こきざ》みに震《ふる》えだす。

（でも、手伝《てつだ》わなかったら、みんなの反感《はんかん》を買《か》っちゃう。男子《だんし》にも嫌《きら》われたくない）

「…………い、いいよ。手伝《てつだ》ってあげる」

くるみは必死《ひっし》に笑顔《えがお》をつくる。

「みんなでがんばれば、きっと間《ま》にあうよ」

「ありがとう、くるみ」

麻子《あさこ》が笑顔《えがお》でくるみにお礼《れい》を言《い》った。

「じゃあ、私《わたし》の担当分《たんとうぶん》からお願《ねが》い。グラフに色《いろ》ぬってくれる？」

「う…………うん」

くるみは奥歯《おくば》を強《つよ》くかみしめて、麻子《あさこ》の席《せき》にむかった。

家《いえ》に帰《かえ》ると、くるみはバタバタと階段《かいだん》をかけあがった。

自分《じぶん》の部屋《へや》に入《はい》って、床《ゆか》に落《お》ちていたクマ吉《きち》を右手《みぎて》でつかむ。その手《て》がぶるぶると震《ふる》えだした。

「なんなのっ！」

くるみはクマ吉《きち》を壁《かべ》に投《な》げつけた。バンッと音《おと》がして、クマ吉《きち》がベッドの上《うえ》に落《お》ちる。

「どうして、私《わたし》がみんなの分《ぶん》を手伝《てつだ》わないといけないの？」

ベッドにあがり、拾《ひろ》いあげたクマ吉《きち》をこぶしでなぐった。

「休《やす》み時間《じかん》、全部《ぜんぶ》つぶれちゃったじゃん。私《わたし》はまじめにやってたのに」

ぎりぎりと奥歯《おくば》が鳴《な》り、目《め》が血走《ちばし》る。

「先生《せんせい》にほめられたけど、こんなの意味《いみ》ないよ。サボってたみんなと同《おな》じ評価《ひょうか》じゃん！

わけわかんないよっ！」

くるみは何度《なんど》もクマ吉《きち》をたたき、ふみつけた。

「みんな、大嫌《だいきら》い！　私《わたし》ばっかり苦労《くろう》して、いつも、いつも、いつもっ！」

自分《じぶん》の呼吸《こきゅう》が荒《あら》くなっていく。まるで、全力《ぜんりょく》で走《はし》っているかのようだ。

その苦《くる》しさが、怒《いか》りの感情《かんじょう》を少《すこ》しずつへらしていった。

数分後《すうふんご》、くるみはにぎったこぶしをゆるめて、額《ひたい》に浮《う》かんだ汗《あせ》をぬぐった。

「はぁ………スッキリした」

ベッドに倒《たお》れこみ、手《て》に持《も》ったクマ吉《きち》をぼんやりと見《み》つめる。

（クマ吉《きち》のやつ、けっこうがんじょうだな。何十回《なんじゅっかい》もなぐったのにびくともしない）

クマ吉《きち》の生地《きじ》は厚《あつ》くて、太《ふと》い糸《いと》でしっかりと縫《ぬ》われていた。

（ちょうどいいや。これなら、当分《とうぶん》もつだろう）

「これからも役《やく》に立《た》ってもらうからね」

クマ吉《きち》のほおに人《ひと》さし指《ゆび》を押《お》しつけて、くるみはにんまりと笑《わら》った。


その日《ひ》から、くるみはストレスを感《かん》じると、クマ吉《きち》にあたるようになった。学校《がっこう》でイヤなことがあったら、クマ吉《きち》をなぐり、母親《ははおや》にしかられたら、クマ吉《きち》をふみつけた。

なぐっても、ひっかいても、ふみつけても壊《こわ》れないクマ吉《きち》は、くるみにとってありがたい存在《そんざい》だった。

壁《かべ》にぶつけたクマ吉《きち》を拾《ひろ》いあげて、くるみはベッドに腰《こし》をかけた。

「これが私《わたし》の求《もと》めてたぬいぐるみだよ。いままでのは壊《こわ》れやすかったからなあ」

スッキリした顔《かお》で、クマ吉《きち》に話《はな》しかける。

「ほんと、助《たす》かるよ。あんたがいてくれてさ。おかげで今日《きょう》も気持《きも》ちよく眠《ねむ》れる。明日《あした》もよろしくね」

くるみはクマ吉《きち》を机《つくえ》の上《うえ》において、部屋《へや》の電気《でんき》を消《け》した。

ある日《ひ》の朝《あさ》、教室《きょうしつ》に入《はい》ると、麻子《あさこ》とリオが楽《たの》しそうにおしゃべりをしていた。

「おはよう、麻子《あさこ》、リオ」

「あっ、おはよう」

麻子《あさこ》とリオがくるみにあいさつをする。

「ねぇ、くるみ」

リオがくるみの肩《かた》にふれた。

「何《なに》かいいことあったの？」

「えっ？　いいこと？」

「うん。前《まえ》は暗《くら》い顔《かお》してることが多《おお》かったのに、最近《さいきん》は晴《は》れ晴《ば》れしてる感《かん》じがする」

「別《べつ》にいいことなんて、何《なに》もないけど」

「気《き》のせいかな。なんか、スッキリした顔《かお》してるんだよね」

「スッキリ……………」

（そうか。クマ吉《きち》のおかげかもしれない。がんじょうなぬいぐるみだから、手《て》かげんなしでなぐれるし）

麻子《あさこ》がくるみの顔《かお》をのぞきこむ。

「くるみ、教《おし》えてよ」

「えっ？　教《おし》えるって何《なに》を？」

くるみは首《くび》をかしげた。

「スッキリできる方法《ほうほう》。何《なに》か秘訣《ひけつ》があるんだよね？」

「い、いや。そんなの知《し》らないって」

あわてて、くるみは否定《ひてい》した。

（ぬいぐるみをなぐって、ストレス発散《はっさん》してるなんて言《い》えないよなあ。みんなひいちゃうだろうし）

「きっと、夜更《よふ》かししなくなって、ぐっすり眠《ねむ》れてるからだよ」

「えーっ？　それだけ？」

「う、うん。そういうふつうのことが大事《だいじ》だから」

そう言《い》って、くるみはぎこちなく笑《わら》った。


「ただいまーっ！」

リビングのドアを開《あ》けると、母親《ははおや》がソファーに腰《こし》をかけて、右足《みぎあし》をさすっていた。足首《あしくび》には真《ま》っ白《しろ》な包帯《ほうたい》が巻《ま》かれている。

くるみは目《め》を丸《まる》くして、母親《ははおや》にかけ寄《よ》った。

「ママっ、どうしたの？」

「ちょっと階段《かいだん》で、足《あし》をふみはずしちゃって」

母親《ははおや》は、いつもより青白《あおじろ》い顔《かお》で笑《わら》った。

「大丈夫《だいじょうぶ》。捻挫《ねんざ》しただけだから。一週間《しゅうかん》ぐらいで治《なお》ると思《おも》うわ」

「そう……なんだ」

くるみは眉《まゆ》をひそめる。

「あぶないよ。ぼーっとしてたんじゃないの？」

「うーん。それが変《へん》なのよ。何《なに》かが足《あし》にぶつかった気《き》がして」

「何《なに》かって、階段《かいだん》には何《なに》もないよね？」

「気《き》のせいだったのかな」

母親《ははおや》は階段《かいだん》のあるほうに視線《しせん》を動《うご》かす。

「あなたも注意《ちゅうい》しなさいよ。転《ころ》んで頭《あたま》から落《お》ちたりしたら、大《おお》ケガしちゃうんだから」

「わかってるって」

くるみはぱたぱたと手《て》を振《ふ》って、階段《かいだん》にむかった。いつもより慎重《しんちょう》に階段《かいだん》をあがる。

階段《かいだん》には小《ちい》さなゴミ一《ひと》つ落《お》ちていない。

「ぶつかるようなものなんて、何《なに》もないじゃん」

その時《とき》、二階《かい》のろうかのはしにクマ吉《きち》がおかれていることに気《き》づいた。

「あれ？　どうして、こんなところに」

くるみはクマ吉《きち》を拾《ひろ》いあげた。

「変《へん》だな。部屋《へや》においといたはずなのに……」

（もしかして、ママはクマ吉《きち》につまずいて転《ころ》んだのかな？　でも、階段《かいだん》からはだいぶはなれてるし……）

くるみはクマ吉《きち》の顔《かお》をじっと見《み》つめる。小《ちい》さな目《め》は真《ま》っ黒《くろ》なプラスチック製《せい》で、どこを見《み》ているのかよくわからない。

「……まあ、いいや」

部屋《へや》に入《はい》って、机《つくえ》の上《うえ》にクマ吉《きち》をおく。

「これでよし……と」

「くるみーっ！」

一階《かい》から母親《ははおや》の声《こえ》が聞《き》こえた。

「今日《きょう》はピザの出前《でまえ》とるからね」

「えっ？　出前《でまえ》にするの？」

「しょうがないでしょ。この足《あし》じゃキッチンに立《た》てないんだから。で、どのピザが食《た》べたい？」

「あ、待《ま》って！　写真《しゃしん》見《み》て選《えら》ぶから」

くるみはあわててランドセルを机《つくえ》の横《よこ》におき、部屋《へや》をでた。

（ママのケガは心配《しんぱい》だけど、ピザを食《た》べられるのはラッキーだな。デザートを追加《ついか》してもらおーっと）

次《つぎ》の日《ひ》の朝《あさ》、カーテンのすき間《ま》から射《さ》しこむ太陽《たいよう》の光《ひかり》で、くるみは目覚《めざ》めた。

「あ、もう朝《あさ》か………」

上半身《じょうはんしん》を起《お》こして、大《おお》きく背伸《せの》びをする。

その時《とき》、机《つくえ》の上《うえ》においていたクマ吉《きち》がなくなっていることに気《き》づいた。

「え………？」

くるみの口《くち》が半開《はんびら》きのまま、かたまった。

(たしか、昨日《きのう》、机《つくえ》の上《うえ》においといたはずなのに……………)

「おかしいなぁー」

きょろきょろと部屋《へや》の中《なか》を見《み》まわすが、クマ吉《きち》の姿《すがた》はない。

「もしかして、ママかパパが持《も》ってったのかな」

くるみは階段《かいだん》をおりて、リビングにむかった。

「ねーっ、ママ。クマ吉《きち》知《し》らない？　部屋《へや》になくて………」

リビングのドアを開《あ》けたくるみの言葉《ことば》が途切《とぎ》れた。

父親《ちちおや》が青白《あおじろ》い顔《かお》で口元《くちもと》を押《お》さえていた。額《ひたい》にはびっしりと汗《あせ》が浮《う》かび、体《からだ》が小刻《こきざ》みに震《ふる》えている。

「どっ、どうしたの？」

「朝《あさ》ごはん食《た》べてたら、パパが急《きゅう》にはいちゃったの」

父親《ちちおや》の背中《せなか》をさすっていた母親《ははおや》がくるみの質問《しつもん》に答《こた》える。

「えっ？　はいたって、大丈夫《だいじょうぶ》？」

「あ……ああ」

父親《ちちおや》が弱々《よわよわ》しい声《こえ》でうなずいた。

「いきなり、気分《きぶん》が悪《わる》くなって……な」

「パパ……」

くるみは、テーブルの上《うえ》におかれている野菜《やさい》スープとパンを見《み》つめる。

(あれを食《た》べて、調子悪《ちょうしわる》くなっちゃったのかな。でも、ママがいつも作《つく》っているスープだし、パンだって一昨日《おととい》買《か》ったばかりなのに)

母親《ははおや》が車《くるま》のカギを持《も》って、父親《ちちおや》の肩《かた》に手《て》をまわす。

「今《いま》から、パパと病院《びょういん》に行《い》ってくる。くるみはちゃんと学校《がっこう》に行《い》ってね」

「う、うん。でも、足《あし》は大丈夫《だいじょうぶ》なの？　捻挫《ねんざ》してるんだよね？」

「大丈夫《だいじょうぶ》、無理《むり》はしないから。それから、スープは飲《の》まないで。もしかしたら、そのせいかもしれないし」

「わかった」

くるみは真剣《しんけん》な顔《かお》で首《くび》をたてに振《ふ》った。

両親《りょうしん》がでかけていくと、くるみはキッチンにむかった。キッチン台《だい》の上《うえ》には野菜《やさい》スープの入《はい》った鍋《なべ》がおかれている。その鍋《なべ》の横《よこ》にクマ吉《きち》がいた。

「ク……クマ吉《きち》っ？」

くるみの心臓《しんぞう》が大《おお》きくはねた。

「どうして、キッチンに……」

よく見《み》ると、クマ吉《きち》のそばには液体《えきたい》タイプの洗剤《せんざい》があった。キャップの開《あ》いた容器《ようき》から、透明《とうめい》の液体《えきたい》が少《すこ》しこぼれている。

（これって、洗濯用《せんたくよう》の洗剤《せんざい》だよね。キッチンなんかにあるはずないのに……）

鍋《なべ》のフタを開《あ》けて中《なか》をのぞきこむと、かすかに洗剤《せんざい》の香《かお》りがした。

くるみは顔《かお》をしかめて、鍋《なべ》からはなれる。

「この洗剤《せんざい》がスープの中《なか》に……」

ぞくりと背筋《せすじ》が震《ふる》えた。

「まさか、あんたが洗剤《せんざい》を入《い》れたの？」

「…………」

クマ吉《きち》は何《なに》も答《こた》えない。

（もしかして、昨日《きのう》のママのケガもクマ吉《きち》が…………）

「いや、そんなことあるはずない」

くるみは自分《じぶん》の考《かんが》えを否定《ひてい》した。

「ぬいぐるみが動《うご》くなんて、ありえないから」

ほおをつっぱらせるように笑《わら》って、クマ吉《きち》を持《も》ちあげる。

クマ吉《きち》の黒《くろ》い目《め》が、自分《じぶん》を見《み》つめている気《き》がした。

（やっぱり、なんか気持《きも》ち悪《わる》い）

くるみはリビングに戻《もど》り、空《から》の段《だん》ボール箱《ばこ》にクマ吉《きち》を入《い》れた。箱《はこ》を閉《と》じて、ガムテープをしっかりと貼《は》る。

「別《べつ》にクマ吉《きち》が動《うご》いているとは思《おも》わないけど、なんか気《き》になるし」

自分《じぶん》に言《い》い聞《き》かせるように、くるみは独《ひと》り言《ごと》をつぶやいた。

その日《ひ》の放課後《ほうかご》、教室《きょうしつ》で黒板《こくばん》の粉受《こなう》けの掃除《そうじ》をしていると、麻子《あさこ》が近《ちか》づいてきた。

「くるみ、何《なに》してんの？」

「何《なに》って、日直《にっちょく》の仕事《しごと》だけど」

「そんなのいいから、早《はや》く帰《かえ》りなよ。パパが病気《びょうき》になったって言《い》ってたでしょ」

「そうだよ」

麻子《あさこ》のとなりにいたリオがくるみの肩《かた》に手《て》をおく。

「日直《にっちょく》の仕事《しごと》は私《わたし》たちがやっとくから」

「え？　いいの？」

「当《あ》たり前《まえ》だよ。こんな時《とき》こそ助《たす》けあわないと」

リオと麻子《あさこ》はお互《たが》いの顔《かお》を見《み》あわせてうなずいた。

「私《わたし》たち、反省《はんせい》したんだ。いつもくるみに甘《あま》えてばっかりでさ」

麻子《あさこ》がふし目《め》がちに言《い》う。

「この前《まえ》も、グループ発表《はっぴょう》の時《とき》に迷惑《めいわく》かけたしさ。たまには、私《わたし》たちがくるみの力《ちから》になんないとね」

「麻子《あさこ》……リオ……」

あたりの空気《くうき》がふっと温《あたた》かくなった気《き》がした。

(ふたりとも、私《わたし》のこと、気《き》にしてくれてたんだ)

「ありがとう」

「何《なに》言《い》ってんの。それは私《わたし》たちのセリフだって」

麻子《あさこ》がくるみに笑《わら》いかける。

「いつも、助《たす》けてくれてありがとう」

「ううん。私《わたし》たち、友《とも》だちだから」

(そうだ。麻子《あさこ》とリオは大切《たいせつ》な友《とも》だちなんだ。友《とも》だちが困《こま》っている時《とき》は助《たす》けあわないと)

リオがくるみの背中《せなか》を押《お》した。

「ほらっ、早《はや》く帰《かえ》って。学級日誌《がっきゅうにっし》も私《わたし》が書《か》いておくから」

「うんっ!」

くるみは目《め》のふちに浮《う》かんだ涙《なみだ》を指《ゆび》でぬぐった。

くるみは家《いえ》の玄関《げんかん》でチャイムを鳴《な》らした。しかし、なんの反応《はんのう》もない。

「まだ、ママたち、帰《かえ》ってきてないんだ」

ポケットからカギをとりだし、家《いえ》の中《なか》に入《はい》る。

家《いえ》の中《なか》はうす暗《ぐら》く、しんと静《しず》まりかえっていた。

くるみはリビングに移動《いどう》して、ソファーに腰《こし》をおろした。ポケットから携帯電話《けいたいでんわ》をとりだし、メールを確認《かくにん》する。

画面《がめん》に母親《ははおや》のメッセージが表示《ひょうじ》された。

『パパはだいぶ落《お》ち着《つ》いてきたみたいで入院《にゅういん》もしなくてよさそう。でも、もう少《すこ》し病院《びょういん》で様子《ようす》を見《み》ます。帰《かえ》りは遅《おそ》くなるから、ごはんはカップ麺《めん》でも食《た》べてて』

「よかった。パパ大丈夫《だいじょうぶ》みたいだ」

くるみは人《ひと》さし指《ゆび》を動《うご》かして、母親《ははおや》に返事《へんじ》を書《か》いた。

『わかった。早《はや》く帰《かえ》ってきてね』

携帯電話《けいたいでんわ》をテーブルの上《うえ》において、ソファーから立《た》ちあがる。

「今夜《こんや》はカップ麺《めん》かぁー。カレー味《あじ》のにしようかな。それとも、シーフード味《あじ》で………」

キッチンにむかおうとしたくるみの動《うご》きがとまった。

視線《しせん》の先《さき》に上部《じょうぶ》が開《あ》いた段《だん》ボール箱《ばこ》がある。それは、朝《あさ》、クマ吉《きち》を入《い》れたはずの段《だん》ボール箱《ばこ》だった。

「え……………？」

くるみは口《くち》を半開《はんびら》きにしたまま、段《だん》ボール箱《ばこ》に近《ちか》づく。おそるおそる中《なか》をのぞくと、中《なか》には何《なに》も入《はい》っていなかった。

（どうして？　ちゃんとガムテープで閉《と》じたはずなのに…………）

口《くち》の中《なか》がからからにかわき、手《て》のひらに汗《あせ》がにじんだ。

（ママが箱《はこ》からクマ吉《きち》をだした？　い、いや、それはない。私《わたし》より先《さき》に家《いえ》をでて、パパと病院《びょういん》に行《い》ったきりなんだから）

「まさか……本当《ほんとう》にクマ吉《きち》が動《うご》いて…………」

その時《とき》、背後《はいご》に何《なに》かの気配《けはい》を感《かん》じた。

くるみは素早《すばや》く振《ふ》り返《かえ》る。

自分《じぶん》の背後《はいご》にクマ吉《きち》が立《た》っていた。

「ク、クマ吉《きち》………」

青《あお》ざめた顔《かお》で、くるみはあとずさりする。

(ありえない。さっきまで、そこにクマ吉《きち》はいなかったのに)

その時《とき》、クマ吉《きち》の頭《あたま》が動《うご》いて、顔《かお》が上《うわ》むいた。感情《かんじょう》のない黒《くろ》い目《め》が、くるみを見《み》あげている。

「ひ、ひっ！」

くるみは短《みじか》い悲鳴《ひめい》をあげてクマ吉《きち》をけりとばした。クマ吉《きち》は食器棚《しょっきだな》にあたって、床《ゆか》に転《ころ》がった。

カタ………カタカタカタカタ………。

クマ吉《きち》の手足《てあし》がけいれんするように動《うご》きだした。

「そんな………バカな………」

かすれた声《こえ》をだして、くるみはクマ吉《きち》を凝視《ぎょうし》する。

(クマ吉《きち》はふつうのぬいぐるみで、電池《でんち》が入《はい》っているわけじゃない。絶対《ぜったい》に動《うご》くわけがないんだ。それなのに、どうして………)

全身《ぜんしん》の血《ち》が冷《ひ》え、唇《くちびる》から色《いろ》が失《うしな》われる。

くるみは朝《あさ》の出来事《できごと》を思《おも》いだした。

(やっぱり、野菜《やさい》スープに洗剤《せんざい》を入《い》れたのはクマ吉《きち》だったんだ。それにママをケガさせたのも、絶対《ぜったい》にこいつだ)

クマ吉《きち》は頭《あたま》をゆらゆらとゆらしながら立《た》ちあがる。

「どうして、パパとママにひどいことしたの?」

「………」

クマ吉《きち》は何《なに》も答《こた》えない。手《て》をだらりとさげて、輝《かがや》きのない真《ま》っ黒《くろ》な目《め》でくるみを見《み》つめている。

「ただのぬいぐるみのくせに!」

くるみはリビングに移動《いどう》すると、テレビ台《だい》の上《うえ》においてあったハサミをつかんだ。

「おまえがいくらがんじょうでも、これを使《つか》えば………」

とがったハサミの先《せん》たんをクマ吉《きち》のおなかにつき刺《さ》す。

布《ぬの》がわずかに破《やぶ》けるのを見《み》たくるみは、唇《くちびる》をゆがめるようにして笑《わら》った。

「二度《にど》と動《うご》けないようにしてやる！」

ジョキ……ジョキ……ジョキ……ジョキ……。

数分後《すうふんご》、くるみは肩《かた》で荒《あら》い息《いき》をしながら、胴体《どうたい》の部分《ぶぶん》から二《ふた》つに切断《せつだん》されたクマ吉《きち》を見《み》おろした。リビングには、クマ吉《きち》の体《からだ》から飛《と》びでた白《しろ》い綿《わた》がちらばっている。

「これで、もう……あ……」

クマ吉《きち》の上半身《じょうはんしん》がぴくりと動《うご》いた。

「こいつ……」

吹《ふ》きでた汗《あせ》が一瞬《いっしゅん》で冷《つめ》たくなった。

(半分《はんぶん》に切《き》ったのに、まだ動《うご》くなんて。どうすればいいの？)

「そっ、そうだ！　ママに電話《でんわ》して」

くるみは携帯電話《けいたいでんわ》をおいたテーブルに視線《しせん》をむける。しかし、携帯電話《けいたいでんわ》はなくなっていた。

「どうしてっ？　さっき、テーブルの上《うえ》においたのに」

くるみは周囲《しゅうい》を見《み》まわすが、どこにも見《み》あたらない。

「それなら、家《いえ》の電話《でんわ》で」

電話機《でんわき》にかけ寄《よ》り、受話器《じゅわき》を手《て》にとる。ボタンを押《お》そうとしたくるみの手《て》がとまった。

電話機《でんわき》のコードが切《き》れていたのだ。

「そんな……」

くるみは受話器《じゅわき》を床《ゆか》に落《お》とした。

突然《とつぜん》、ゴンッと音《おと》がして肩《かた》に痛《いた》みを感《かん》じた。足元《あしもと》を見《み》るとひびが入《はい》ったコップが落《お》ちている。

「な、何《なに》っ？」

顔《かお》をあげると、うす暗《ぐら》いろうかにヒツジのぬいぐるみが立《た》っていた。ぬいぐるみは一部《いちぶ》が破《やぶ》けていて、白《しろ》い綿《わた》が飛《と》びだしている。それは、前《まえ》にくるみが壊《こわ》したものだった。

「あなたも動《うご》いて……」

ぬいぐるみはヒツジだけではなかった。その背後《はいご》からお姫様《ひめさま》や王子様《おうじさま》、妖精《ようせい》のぬいぐるみが現《あらわ》れる。彼《かれ》らは、壊《こわ》れた目覚《めざ》まし時計《どけい》や積《つ》み木《き》を手《て》に持《も》っていた。

「あ……」

（こいつら、物置《ものおき》からでてきて…………）

ぬいぐるみたちは、表情《ひょうじょう》を変《か》えることなく、くるみに持《も》っていたものを投《な》げつけた。

かたい積《つ》み木《き》が顔《かお》や腕《うで》にあたり、くるみの顔《かお》が痛《いた》みでゆがむ。

「やっ、やめてっ！」

くるみはぬいぐるみたちに背《せ》をむけて、外《そと》に逃《に》げようとした。窓《まど》のカギを開《あ》けようとした時《とき》、後頭部《こうとうぶ》に目覚《めざ》まし時計《どけい》があたる。ぬいぐるみが投《な》げたとは思《おも》えない強《つよ》い力《ちから》を感《かん》じた。

「ぐうっ、いっ…………」

ぐらりと体《からだ》のバランスがくずれ、くるみは横倒《よこだお》しになった。

すぐに立《た》ちあがろうとしたが、足《あし》に力《ちから》が入《はい》らない。首《くび》だけを動《うご》かして振《ふ》り返《かえ》ると、上半《じょうはん》身《しん》だけのクマ吉《きち》が、床《ゆか》を這《は》いながら近《ちか》づいてくる姿《すがた》が見《み》えた。

ズリ……ズリ……ズリ……。

「ひ……ひっ」

くるみの顔《かお》が恐怖《きょうふ》に引《ひ》きつる。

「こっ、来《こ》ないで！」

クマ吉《きち》の動《うご》きがとまり、子供《こども》のような声《こえ》が聞《き》こえてきた。

「お…………お姉《ねえ》ちゃん」

「あ…………」

くるみの目《め》が大《おお》きく開《ひら》く。

(そうだ。私《わたし》、クマ吉《きち》を弟《おとうと》のように思《おも》ってたんだ。自分《じぶん》をくるみお姉《ねえ》ちゃんって言《い》って…………)

クマ吉《きち》との思《おも》い出《で》がよみがえる。

『私《わたし》はくるみ。あなたの名前《なまえ》はクマ吉《きち》だよ』

『クマ吉《きち》、くるみお姉《ねえ》ちゃんといっしょに寝《ね》ようね』

『大好《だいす》きだよ、クマ吉《きち》。ずっといっしょだから』

(小学校《しょうがっこう》に入《はい》る前《まえ》は、いつもクマ吉《きち》と遊《あそ》んでた。他《ほか》のぬいぐるみとも…………)

「クマ吉《きち》…………」

くるみはクマ吉《きち》に声《こえ》をかける。

「もしかして、また、私《わたし》と遊《あそ》びたかったの?」

クマ吉《きち》は、そう思《おも》っているような気《き》がした。

「クマ吉《きち》、私《わたし》………」

その時《とき》、クマ吉《きち》の背後《はいご》から他《ほか》のぬいぐるみたちが近《ちか》づいてきた。ぬいぐるみの数《かず》が、さっきより増《ふ》えている。

イヌ、ネコ、ウサギにカバ………。

あらたに現《あらわ》れたぬいぐるみたちは、手《て》に包丁《ほうちょう》やノコギリを持《も》っていた。ネコのぬいぐるみがクマ吉《きち》にノコギリを差《さ》しだした。そのノコギリをクマ吉《きち》は両手《りょうて》で受《う》けとる。

「あ………」

くるみの瞳《ひとみ》に、上半身《じょうはんしん》だけになったクマ吉《きち》の体《からだ》が映《うつ》る。

「ま、まさか………」

ぬいぐるみたちは表情《ひょうじょう》を変《か》えることなく、くるみに近《ちか》づき、持《も》っていた刃物《はもの》を振《ふ》りあげた。これから自分《じぶん》の身《み》に起《お》こるであろうことに気《き》づいて、くるみは声《こえ》にならない悲鳴《ひめい》をあげた。

数日後《すうじつご》、女《おんな》の子《こ》が庭《にわ》で母親《ははおや》と話《はなし》をしていた。女《おんな》の子《こ》は五歳《さい》ぐらいで、、、、クマ吉《きち》をしっかりと抱《だ》きしめていた。

「ママっ！　クマさんがうちに来《き》たいって」

「また、そんなこと言《い》って」

母親《ははおや》は両手《りょうて》を腰《こし》にあてて、細《ほそ》い眉《まゆ》を吊《つ》りあげる。

「そのぬいぐるみ、どこから拾《ひろ》ってきたの。すごく汚《よご》れてるじゃない。血《ち》みたいなのもついているし」

「電信柱《でんしんばしら》の横《よこ》に立《た》っていたの」

女《おんな》の子《こ》は数十《すうじゅう》メートル先《さき》の十字路《じゅうじろ》を指《ゆび》さす。その方向《ほうこう》にはくるみの家《いえ》があった。

「ねぇ、いいでしょ。大事《だいじ》にするから」

「もうっ、しょうがないわね。とりあえず、その汚《よご》れを落《お》とさなきゃ」

「やった！　ありがとう、ママ」

女《おんな》の子《こ》の顔《かお》がぱっと明《あか》るくなる。

その時《とき》、クマ吉《きち》がかすかに動《うご》き、女《おんな》の子《こ》の腕《うで》にぎゅっと抱《だ》きついた。

「…………お姉《ねえ》ちゃん」

その声《こえ》は小《ちい》さく、女《おんな》の子《こ》も母親《ははおや》も気《き》づくことはなかった。

エピローグ

七十五時間目《じかんめ》の授業《じゅぎょう》を終《お》わります。
優《やさ》しく友《とも》だち思《おも》いな少女《しょうじょ》。
少女《しょうじょ》には秘密《ひみつ》がありました。
不満《ふまん》があると、ぬいぐるみにストレスをぶつけていたのです。
ぬいぐるみたちは、なぐられ、たたかれ、ふみつけられていました。
少女《しょうじょ》はぬいぐるみに感情《かんじょう》などないと思《おも》っていたようです。
でも、それはちがっていました。
ぬいぐるみたちは、自分《じぶん》たちを大切《たいせつ》にしない少女《しょうじょ》をうらんでいました。
それは当《あ》たり前《まえ》かもしれません。
体《からだ》を壊《こわ》されたあげく、物置《ものおき》に放置《ほうち》されていたのですから。

もし、少女《しょうじょ》がぬいぐるみにも優《やさ》しくしていたら、こんな悲惨《ひさん》な結末《けつまつ》にはならなかったのではないでしょうか。

皆《みな》さんもぬいぐるみの扱《あつか》いには気《き》をつけて。

でないと、少女《しょうじょ》と同《おな》じ目《め》にあってしまうかも………。

76時《じ》間《かん》目《め》

ノラ猫《ねこ》団《だん》地《ち》

プロローグ

こんにちは。
七十六時間目《じかんめ》の授業《じゅぎょう》を始《はじ》めます。
皆《みな》さん、覚悟《かくご》はできていますね？
今回《こんかい》は、猫《ねこ》にまつわるお話《はなし》です。
猫《ねこ》って、かわいいですよね。
ふわふわの毛並《けな》みに輝《かがや》く瞳《ひとみ》、
ピンク色《いろ》のぷっくりした肉球《にくきゅう》は、ついふれたくなっちゃいます。
皆《みな》さんは、公園《こうえん》や路地《ろじ》でノラ猫《ねこ》を見《み》かけたことがありますか？
体《からだ》を丸《まる》めて、眠《ねむ》っている姿《すがた》を見《み》ると、幸《しあわ》せな気持《きも》ちになります。
そんなノラ猫《ねこ》たち、学校《がっこう》も仕事《しごと》もなく、気《き》ままに生《い》きているようですが、大変《たいへん》なことも

あるようです。
雨《あめ》の日《ひ》は体《からだ》がぬれてしまうし、冬《ふゆ》の季節《きせつ》に屋根《やね》のない場所《ばしょ》で寝《ね》るのはつらいでしょう。
そして、もっと大変《たいへん》なこともあります。
それは何《なに》か？
もちろん、皆《みな》さんはわかりますよね。

「おーい、みんないる？」

三毛山《みけやま》たま美《み》はツツジのしげみにむかって、声《こえ》をかけた。

「いるでしょ。でておいでー」

ぱっちりとした大《おお》きな目《め》を動《うご》かして、そっとしげみに近《ちか》づく。

「ねぇ、たま美《み》」

となりにいた千春《ちはる》が、たま美《み》のツインテールの髪《かみ》にふれる。千春《ちはる》はたま美《み》と同《おな》じ十一歳《さい》で、背《せ》が高《たか》くすらりとしたスタイルの女《おんな》の子《こ》だ。

「本当《ほんとう》に、こんなところにいるの？」

「いるって。あ、ちょっと待《ま》って」

たま美《み》は、ランドセルからプラスチックのケースに入《い》れたキャットフードをとりだす。

「そんなの持《も》ってるの？」

千春《ちはる》の背後《はいご》にいた久美子《くみこ》が、驚《おどろ》いた声《こえ》をあげる。久美子《くみこ》はショートボブで色白《いろじろ》の女《おんな》の子《こ》だ。

「わざわざ、持《も》ち歩《ある》くってすごいね」

「いつでもエサをあげられるようにね」

たま美《み》は手《て》のひらにキャットフードをのせて、しゃがみこむ。

「ほらほら、ごはんだよー」

その声《こえ》と匂《にお》いに反応《はんのう》したのか、しげみの中《なか》から三匹《びき》のノラ猫《ねこ》が顔《かお》をだした。ノラ猫《ねこ》はかわいらしい鳴《な》き声《ごえ》をあげて、たま美《み》に近寄《ちかよ》ってくる。

「「かわいいーっ！」」

千春《ちはる》と久美子《くみこ》が同時《どうじ》に声《こえ》をあげた。

「でしょー。最近《さいきん》、うちの団地《だんち》にやってきた新入《しんい》りなんだ」

たま美《み》がキャットフードを差《さ》しだすと、ノラ猫《ねこ》たちは顔《かお》を寄《よ》せて食《た》べはじめる。

（うーっ、やっぱ、猫《ねこ》はかわいいなあー。目《め》が宝石《ほうせき》みたいにきらきらしてるし、甘《あま》えた

鳴《な》き声《ごえ》もいいんだよね）

キャットフードを食《た》べ終《お》えたサバトラの猫《ねこ》が、たま美《み》の足《あし》にすり寄《よ》ってくる。

「あははっ、くすぐったいよ」

たま美《み》は猫《ねこ》を抱《だ》きあげて、ノドを指《ゆび》でさすった。

猫《ねこ》はゴロゴロと気持《きも》ちよさそうにノドを鳴《な》らす。

「おいしいごはん食《た》べられて、うれしかったのかな」

「ニャーン」

まるで、たま美《み》の言葉《ことば》がわかっているかのように、猫《ねこ》が返事《へんじ》をした。

「いいなぁー、たま美《み》は」

黒猫《くろねこ》をなでながら、千春《ちはる》がため息《いき》をついた。

「うちの近所《きんじょ》にはノラ猫《ねこ》いないんだよね」

「へーっ、ノラ猫《ねこ》がいない場所《ばしょ》なんてあるんだ？」

「あるある。この団地《だんち》がめずらしいんだって」

そう言《い》って、千春《ちはる》は近《ちか》くの自転車《じてんしゃ》おき場《ば》を指《ゆび》さす。そこにも数匹《すうひき》の猫《ねこ》がいて、大《おお》きなあくびをしていた。

「敷地《しきち》には、十四《ぴき》以上《いじょう》いるんじゃないの？」

「多分《たぶん》ね。最近増《さいきんふ》えたんだよ」

「増《ふ》えたって、子猫《こねこ》が産《う》まれたの？」

「ううん。大人《おとな》の猫《ねこ》がどこからかやってきたみたい。このサバトラだってそうだよ」

たま美《み》はサバトラの背中《せなか》をなでる。

「おまえにエサあげるようになったのは、三日前《みっかまえ》からだっけ？」

「ニャー」

猫《ねこ》は鳴《な》き声《ごえ》をあげて、うなずくように頭《あたま》を動《うご》かす。

「すごいね、その猫《ねこ》」

久美子《くみこ》が、たま美《み》が抱《だ》いている猫《ねこ》をのぞきこむ。

「人間《にんげん》の言葉《ことば》がわかるみたい」

「うちの団地《だんち》にいる猫《ねこ》は頭《あたま》がいい子《こ》が多《おお》いんだよ。怖《こわ》い人《ひと》と優《やさ》しい人《ひと》の区別《くべつ》もつくみたいだし」

「怖《こわ》い人《ひと》？」

「そう。うちの団地《だんち》ってさ、猫《ねこ》が嫌《きら》いな人《ひと》もいるんだよ。たとえば……………」

その時《とき》、近《ちか》くのドアが開《ひら》く音《おと》が聞《き》こえた。

たま美《み》は抱《だ》いていた猫《ねこ》をかくすように立《た》ちあがった。首《くび》だけ動《うご》かして振《ふ》り返《かえ》ると、四十代《だい》ぐらいの女《おんな》の人《ひと》が玄関《げんかん》のカギを閉《し》めている。

たま美《み》はほっとため息《いき》をついた。

「よかった。おじさんじゃなかった」

「おじさんだとまずいの？」

千春《ちはる》の質問《しつもん》に、たま美《み》がうなずく。

「じつはさ、そのおじさんが猫嫌《ねこぎら》いなんだよ。前《まえ》にエサあげてたら、すごく怒《おこ》られちゃって」

「えーっ、ひどいね」

「うん。こんなにかわいいのに」

たま美《み》は抱《だ》いていた猫《ねこ》の頭《あたま》をなでる。

（ほんと、世《よ》の中《なか》には血《ち》も涙《なみだ》もない人《ひと》がいるなあ。エサあげるぐらいいいじゃん。悪《わる》いことしてるわけじゃないんだし）

「ねぇ、たま美《み》」

久美子《くみこ》がたま美《み》に体《からだ》を寄《よ》せる。

「寒《さむ》いし、そろそろたま美《み》の家《いえ》で遊《あそ》ぼうよ。新《あたら》しいゲーム買《か》ったんでしょ」

「うん。いいよ」

たま美《み》は猫《ねこ》をしげみの前《まえ》におろす。

「じゃあね。また、明日《あした》もごはんあげるから」

「「ニャー」」

猫《ねこ》たちがお礼《れい》を言《い》うように、鳴《な》き声《ごえ》をあげた。


たま美《み》たちは、家《いえ》のリビングでテレビゲームを始《はじ》めた。

対戦《たいせん》ゲームで盛《も》りあがっていると、母親《ははおや》がクッキーの入《はい》ったお皿《さら》をテーブルの上《うえ》においた。

「はい、おやつね。千春《ちはる》ちゃんと久美子《くみこ》ちゃんも、いっぱい食《た》べて」

「「ありがとうございます」」

千春《ちはる》と久美子《くみこ》が母親《ははおや》に頭《あたま》をさげる。

「そうそう。たま美《み》」

母親《ははおや》がたま美《み》に声《こえ》をかけた。

「んっ、何《なに》？」

ゲーム機《き》のコントローラーを持《も》ったたまま、たま美《み》が振《ふ》り返《かえ》る。

「あのね、うちで猫飼《ねこか》おうって、パパと話《はな》してるの」

「えっ？　猫《ねこ》、飼《か》えるの？」

たま美《み》の表情《ひょうじょう》が、ぱっと明《あか》るくなった。

「ほ、ほんとに？」

「うん。パパが飼《か》っていいって」

「やっ、やったーっ！」

たま美《み》はコントローラーを放《ほう》り投《な》げて、母親《ははおや》にかけ寄《よ》る。

「で、どの猫《ねこ》にするの？　マンチカン？　アメリカンショートヘア？　スコティッシュフォールド？」

「それはパパが帰《かえ》ってきてから、みんなで話《はな》しましょう」

「うん！　私《わたし》もネットでいろいろ調《しら》べてみる」

「いいなあー」

千春《ちはる》がうらやましそうな目《め》でたま美《み》を見《み》る。

「飼《か》うなら子猫《こねこ》からだよね。子猫《こねこ》って、毛並《けな》みがやわらかくてふわふわなんだよねー」

「うんうん。それに鳴《な》き声《ごえ》も大人《おとな》の猫《ねこ》より、もっとかわいくてさー」

「うわーっ、猫飼《ねこか》ったら、また遊《あそ》びにきてもいい？」

「うん。三人《にん》でいっしょに猫《ねこ》と遊《あそ》ぼう！」

たま美《み》の言葉《ことば》に、千春《ちはる》と久美子《くみこ》の瞳《ひとみ》が輝《かがや》いた。

次《つぎ》の日《ひ》の放課後《ほうかご》、たま美《み》が団地《だんち》に戻《もど》ると、ノラ猫《ねこ》たちが集《あつ》まってきた。猫《ねこ》たちは鳴《な》き声《ごえ》をあげながら、たま美《み》の足元《あしもと》にすり寄《よ》る。

「あ、しまった。今日《きょう》はキャットフード持《も》ってきてないや」

(今朝《けさ》は飼《か》う猫《ねこ》のことでママたちと盛《も》りあがっちゃって、ノラ猫《ねこ》のこと、すっかり忘《わす》れてたよ。わざわざ家《いえ》に戻《もど》って、とってくるのもめんどくさいしなぁ。どうせ、他《ほか》の誰《だれ》かがエサあげてるだろうし)

たま美《み》は頭《あたま》をかいて、しゃがみこんだ。

「ごめんね、今日《きょう》はごはんないんだ」

「……………ぐぅ」

猫《ねこ》たちはうなるような声《こえ》をだした。金色《きんいろ》の目《め》が、ぎらりとたま美《み》をにらみつける。

たま美《み》のほおがふくらんだ。

「しょうがないでしょ。私《わたし》だって、忘《わす》れることぐらいあるよ」

人《ひと》さし指《ゆび》で猫《ねこ》の額《ひたい》をつつく。

「文句《もんく》言《い》うなって。あんたは私《わたし》の飼《か》い猫《ねこ》じゃないんだから」

「……………ぐ、ぐうっ」

「あっ、反抗的《はんこうてき》だ。そんな態度《たいど》だと、もうエサあげないからね！」

そう言《い》って、たま美《み》は猫《ねこ》に顔《かお》を近《ちか》づける。

「シャーッ！」

その時《とき》、猫《ねこ》の口《くち》から赤黒《あかぐろ》い液体《えきたい》が吹《ふ》きだした。その液体《えきたい》が半開《はんびら》きだったたま美《み》の口《くち》の中《なか》に入《はい》る。

「うわっ！　な、何《なに》っ？」

たま美《み》は口《くち》の中《なか》に入《はい》った液体《えきたい》を、あわててペッとはきだす。

「こらっ！　何《なに》すんのよ！」

手《て》を振《ふ》りあげると、猫《ねこ》たちは素早《すばや》くしげみの中《なか》に逃《に》げていく。

「うう…………もう、最悪《さいあく》だよ」

口元《くちもと》を手《て》の甲《こう》でぬぐって、たま美《み》は顔《かお》をしかめる。

（口《くち》の中《なか》になんか入《はい》っちゃったよ。バイキンとか入《はい》ってないよね）

「もう、エサなんてあげないんだから」

（ノラ猫《ねこ》なんて、どうでもいいや。もうすぐ、うちでかわいい子猫《こねこ》が飼《か》えるんだから）

その日《ひ》の夜《よる》、たま美《み》は両親《りょうしん》と晩《ばん》ごはんを食《た》べていた。ダイニングテーブルの上《うえ》には母親《ははおや》が作《つく》ったグラタンとサラダが並《なら》んでいる。

「じゃあ、今度《こんど》の日曜《にちよう》にペットショップに行《い》ってみるか」

父親《ちちおや》はビールを飲《の》みながら、猫《ねこ》の写真《しゃしん》がのっている雑誌《ざっし》をめくる。

「写真《しゃしん》だけじゃわからないからな。実際《じっさい》に本物《ほんもの》を見《み》てみないと」

「やった！　ありがとう、パパ」

「で、たま美《み》はどの猫《ねこ》がいいんだ？」

「うーん、ずっと考《かんが》えてたんだけど、マンチカンかアメリカンショートヘアかな。マンチカンは脚《あし》が短《みじか》いのがかわいいんだよね。アメリカンショートヘアは好奇心旺盛《こうきしんおうせい》な子《こ》が多《おお》いんだよ」

「へーっ、よく知《し》ってるな」

「そりゃ、いろいろ調《しら》べたもん。猫《ねこ》のことなら、なんでも聞《き》いてよ」

そう言《い》って、たま美《み》はグラタンをスプーンですくって、口《くち》に運《はこ》んだ。その瞬間《しゅんかん》、舌《した》に強《つよ》い痛《いた》みを感《かん》じた。

「あっ、熱《あつ》っ！」

思《おも》わず、口《くち》の中《なか》に入《い》れたグラタンをはきだす。

「たま美《み》、どうしたの？」

母親《ははおや》が心配《しんぱい》そうな顔《かお》でたま美《み》を見《み》る。

「もしかして、熱《あつ》かった？」

「う、うん。熱《あつ》すぎるよ」

たま美《み》は水《みず》の入《はい》ったコップに手《て》を伸《の》ばして、口《くち》にふくむ。

「そんなに熱《あつ》かったか？」

父親《ちちおや》がグラタンを口《くち》にする。

「………んっ？　ふつうだと思《おも》うぞ」

「え？　熱《あつ》くないの？」

「ああ。おまえ、熱《あつ》いの苦手《にがて》だったか？」

「………いや、そんなことないけど」

たま美《み》は目《め》の前《まえ》にあるグラタンを見《み》つめる。

（変《へん》だな。前《まえ》はふつうに食《た》べられたのに）

「まあ、熱《あつ》いなら、少《すこ》し冷《さ》めてから食《た》べればいいだろ」

「そう………だね」

たま美《み》は眉間《みけん》にしわを寄《よ》せて、もう一度《いちど》、冷《つめ》たい水《みず》を飲《の》んだ。


次《つぎ》の日《ひ》の朝《あさ》、たま美《み》は眠気《ねむけ》と戦《たたか》いながら、玄関《げんかん》で靴《くつ》をはいた。

母親《ははおや》がたま美《み》に声《こえ》をかける。

「あらっ？　今日《きょう》はなんだか眠《ねむ》そうね」

「う、うん。昨日《きのう》の夜《よる》、目《め》がさえて眠《ねむ》れなかったの」

たま美《み》は何度《なんど》もまばたきをして、首《くび》を左右《さゆう》に振《ふ》る。

「それで、いまごろ眠気《ねむけ》がきちゃって」

「調子《ちょうし》悪《わる》いなら、学校《がっこう》休《やす》む？」

「大丈夫《だいじょうぶ》だよ。歩《ある》いてるうちに目《め》が覚《さ》めてくると思《おも》うし」

「じゃあ、気《き》をつけてね」

「うん。行《い》ってきます」

たま美《み》は、ふらふらとした足《あし》どりで家《いえ》をでた。

団地《だんち》の敷地《しきち》を抜《ぬ》けて歩《ある》いていると、一台《だい》の牛乳配達《ぎゅうにゅうはいたつ》の車《くるま》が停《と》まっているのに気《き》づいた。

作業服姿《さぎょうふくすがた》の男《おとこ》の人《ひと》が、パック入《い》りの牛乳《ぎゅうにゅう》を運《はこ》んでいる。

その光景《こうけい》を見《み》て、たま美《み》のノドがうねるように動《うご》いた。口元《くちもと》から、だらりとよだれがたれる。

「わ、わわっ！」

たま美《み》はあわててよだれをふいた。

(なんで牛乳《ぎゅうにゅう》でよだれなんか……………。そんなに好《す》きじゃなかったのに)

足《あし》をとめて、唇《くちびる》を真一文字《まいちもんじ》に結《むす》ぶ。

(私《わたし》、昨日《きのう》から変《へん》だ。夜《よる》に眠《ねむ》れなくなったし、熱《あつ》いものが苦手《にがて》になったし。どうしちゃったんだろう)

不安《ふあん》な気持《きも》ちを押《お》し殺《ころ》して、たま美《み》は学校《がっこう》にむかった。

給食《きゅうしょく》の時間《じかん》、久美子《くみこ》がパンの袋《ふくろ》を開《あ》けながら、たま美《み》に声《こえ》をかけた。

「ねぇ、たま美《み》。飼《か》う猫《ねこ》の種類《しゅるい》きまった？」

「……………んっ、何《なに》？」

たま美《み》は半分《はんぶん》閉《と》じたまぶたで久美子《くみこ》を見《み》る。

「今《いま》、何《なに》か言《い》った？」

「飼《か》う猫《ねこ》の種類《しゅるい》がきまったかって聞《き》いたの」

「あー、まだきめられなくて………」

「まあ、せっかく飼《か》うんだし、好《この》みの猫《ねこ》を選《えら》びたいよね」

「……………うん」

「たま美《み》」

久美子《くみこ》の横《よこ》にいた千春《ちはる》が、たま美《み》の顔《かお》をのぞきこむ。

「今日《きょう》のたま美《み》、ちょっと変《へん》じゃない？」

「え？　私《わたし》が………変《へん》？」

「うん。なんかぼーっとしてるしさ。風邪《かぜ》でもひいたの？」

「ちょっと夜更《よふ》かししたんだよ。それで…………いまごろ、眠《ねむ》くなってて…………」

たま美《み》は大《おお》きく口《くち》を開《あ》けて、あくびをする。

「また、ゲームで遊《あそ》んでたんでしょ？」

「そういうわけじゃないんだけど…………」

「授業中《じゅぎょうちゅう》に寝《ね》たら、先生《せんせい》に怒《おこ》られちゃうから注意《ちゅうい》しなよ」

「うん。わかってる」

「それじゃあ、眠気《ねむけ》覚《ざ》ましに、おもしろい話《はなし》をしてあげるよ」

「おもしろい話《はなし》？」

「うん。たま美《み》の団地《だんち》にいる、猫嫌《ねこぎら》いのおじさんの話《はなし》」

千春《ちはる》が声《こえ》をひそめて、話《はなし》をつづける。

「ママから聞《き》いたんだけど、あのおじさん、家出《いえで》してるんだって」

「家出《いえで》？」

「うん。いつからか急《きゅう》に会社休《かいしゃやす》むようになって、昼間《ひるま》はずっと寝《ね》てて、肉《にく》ばっかり食《た》べるようになって、最後《さいご》は変《へん》なこと言《い》って、いなくなったみたいだよ」

「何《なに》それ」

久美子《くみこ》が笑《わら》いだした。

「やばすぎるって。いなくなってよかったじゃん」

「あ……………」

たま美《み》が開《あ》いた口《くち》を手《て》で押《お》さえた。

(そういえば、最近《さいきん》、あのおじさんの姿《すがた》を見《み》てない。家出《いえで》してたんだ)

団地《だんち》の敷地《しきち》の中《なか》にいる猫《ねこ》を追《お》い払《はら》っていたおじさんの姿《すがた》を思《おも》いだす。

(昼間《ひるま》、ずっと寝《ね》てたって、夜更《よふ》かししてたのかな。昨日《きのう》の私《わたし》みたいに…………)

その時《とき》、白《しろ》い皿《さら》の上《うえ》に盛《も》られたミートボールが目《め》に入《はい》った。

(そっか。今日《きょう》の給食《きゅうしょく》はミートボールだっけ。これ………おいしそうだな)

口《くち》の中《なか》が唾液《だえき》であふれて、ノドが大《おお》きく動《うご》いた。

(食《た》べたい………いっぱい肉《にく》を食《た》べたい………)

たま美《み》は、ミートボールを両手《りょうて》でつかむと、そのまま口《くち》に放《ほう》りこんだ。

肉《にく》のうま味《み》が口《くち》の中《なか》に広《ひろ》がっていく。

(おいしい……すごくおいしい肉《にく》………)

グシュ……グシュ……グシュ………。

肉《にく》をかむ音《おと》だけが教室《きょうしつ》の中《なか》で聞《き》こえる。

最後《さいご》のミートボールを食《た》べ終《お》えると、そこでたま美《み》はわれに返《かえ》った。

「あ………」

千春《ちはる》と久美子《くみこ》がぽかんと口《くち》を開《あ》けて、たま美《み》を見《み》ていた。他《ほか》のクラスメイトも驚《おどろ》いた顔《かお》をしてたま美《み》を見《み》つめている。

両手《りょうて》についたケチャップが、ぽたぽたと机《つくえ》の上《うえ》に落《お》ちる。

(わ、私《わたし》……何《なに》やって………)

クラスメイトたちの視線《しせん》に耐《た》えられず、たま美《み》はイスから立《た》ちあがった。口元《くちもと》を手《て》で押《お》さえてろうかにむかう。

「「たま美《み》っ!」」

背後《はいご》から千春《ちはる》と久美子《くみこ》の声《こえ》が聞《き》こえたが、たま美《み》は足《あし》をとめなかった。ろうかにでて、早足《はやあし》で教室《きょうしつ》からはなれた。

ろうかの窓《まど》ガラスに自分《じぶん》の姿《すがた》が映《うつ》る。口《くち》のまわりにケチャップがついていて、シャツにも赤《あか》いシミができている。まるで、口《くち》から血《ち》をはきだしたかのようだ。

「洗《あら》わないと……」

たま美《み》は洗《あら》い場《ば》に移動《いどう》した。

(どうして、私《わたし》、あんな食《た》べ方《かた》を……)

蛇口《じゃぐち》をひねって、口元《くちもと》を洗《あら》う。ケチャップで赤《あか》くなった水《みず》がシンクに流《なが》れおちていく。

「私《わたし》……どうしちゃったの?」

鏡《かがみ》に映《うつ》る自分《じぶん》にむかって、たま美《み》はつぶやいた。


その日《ひ》の夕方《ゆうがた》、母親《ははおや》がたま美《み》の部屋《へや》のドアをノックした。

「たま美《み》、ごはんよ」

母親《ははおや》の声《こえ》がドアのむこうから聞《き》こえてくる。

「今日《きょう》はハンバーグだからね」

「ハンバーグ……」

「うん。あなた好《す》きでしょ？」

「………いいっ、あとで食《た》べる」

「あとでって、いっしょに食《た》べないの？　もうパパも帰《かえ》ってきてるのよ」

「いいのっ！　まだ、おなか空《す》いてないから」

たま美《み》は大声《おおごえ》をだした。

「ママたちは先《さき》に食《た》べてていいよ。私《わたし》は………宿題《しゅくだい》が終《お》わってから食《た》べるから」

「宿題《しゅくだい》って、いつもごはん食《た》べたあとにやってるじゃない」

「今日《きょう》は宿題《しゅくだい》が多《おお》いからっ！　苦手《にがて》な算数《さんすう》だし」

「わかった。じゃあ、食《た》べたくなったら言《い》ってね」

母親《ははおや》の足音《あしおと》が遠《とお》ざかる。

ふっと息《いき》をはいて、たま美《み》は自分《じぶん》のシャツを見《み》つめる。水《みず》で洗《あら》ったが、ケチャップのシミがうすく残《のこ》っている。

（もう、人前《ひとまえ》でごはんなんて食《た》べられない。給食《きゅうしょく》の時《とき》みたいになったら………）

がくがくと体《からだ》が震《ふる》えだした。

「こんなのおかしいよ。熱《あつ》い食《た》べ物《もの》がダメになって、牛乳《ぎゅうにゅう》が好《す》きになって、昼間《ひるま》、すごく眠《ねむ》くて、これじゃあ、まるで…………」

床《ゆか》に落《お》ちていた雑誌《ざっし》が目《め》に入《はい》った。表紙《ひょうし》に印刷《いんさつ》された猫《ねこ》の写真《しゃしん》を見《み》て、たま美《み》の顔《かお》が強張《こわば》る。

「猫《ねこ》…………」

(そうだ。猫《ねこ》と同《おな》じなんだ。猫《ねこ》は熱《あつ》いものが苦手《にがて》だし、牛乳《ぎゅうにゅう》が好《す》きで、昼間寝《ひるまね》ていることが多《おお》い)

「でも、どうして、私《わたし》が猫《ねこ》と同《おな》じに…………あ…………」

昨日《きのう》、ノラ猫《ねこ》がはきだした液体《えきたい》が口《くち》に入《はい》ったことを思《おも》いだした。

「あれから、おかしくなったんだ」

急《きゅう》にはき気《け》を感《かん》じて、たま美《み》は口元《くちもと》を押《お》さえた。部屋《へや》のすみにあったゴミ箱《ばこ》に頭《あたま》をつっこみ、つばをはきだす。

「うぇ…………ううう…………」

(こんなこと、起《お》こるわけがない。でも、現実《げんじつ》に私《わたし》は…………)

その時《とき》、給食《きゅうしょく》の時間《じかん》に千春《ちはる》が話《はな》していたことを思《おも》いだす。

(そうだ。うちの団地《だんち》のおじさんも、昼間寝《ひるまね》るようになって、肉《にく》ばっかり食《た》べてたって千《ち》春《はる》が言《い》ってた。それって、もしかして、私《わたし》と同《おな》じかもしれない)

「ママなら、何《なに》か知《し》ってるかもしれない」

たま美《み》は部屋《へや》のドアをいきおいよく開《あ》けて、リビングにむかった。

「ママっ！　知《し》りたいことがあるの」

「んっ？　どうしたの？」

ソファーに座《すわ》ってテレビを観《み》ていた母親《ははおや》が立《た》ちあがる。

たま美《み》は真剣《しんけん》な顔《かお》をして、母親《ははおや》にかけ寄《よ》る。

「猫嫌《ねこぎら》いのおじさん、どうして家出《いえで》しちゃったの？」

「猫嫌《ねこぎら》い？　ああ、一〇三号《ごう》の黒川《くろかわ》さんのこと？」

「うん。いなくなったんだよね」

「………ええ。一週間《しゅうかん》ぐらい前《まえ》にね」

「おじさん、なんか変《へん》なこと言《い》ってたんでしょ？　何《なに》て言《い》ったの？」

「そんなこと知《し》って、どうするの？」

母親《ははおや》がふしぎそうな顔《かお》をする。

「あなたには関係《かんけい》ないことでしょ？　仲良《なかよ》かったわけでもないし」

「いいから教《おし》えてっ！」

たま美《み》は母親《ははおや》の服《ふく》を強《つよ》くつかんだ。

「私《わたし》にとっては重要《じゅうよう》なことなの！」

「う、うん。でも、ちゃんとは知《し》らないわよ。近所《きんじょ》のおばあさんから聞《き》いた話《はなし》だから」

「それでもいいから」

「おじさんは、『猫《ねこ》になりたくない』って言《い》ってたらしいの」

「猫《ねこ》に…………」

突然《とつぜん》、母親《ははおや》をつかんでいた自分《じぶん》の左手《ひだりて》に違和感《いわかん》を覚《おぼ》えた。見《み》てみると、シャツのそでの部分《ぶぶん》がふくらんでいて、手《て》の甲《こう》に白《しろ》い毛《け》が生《は》えていた。

（な………何《なに》これ）

白《しろ》い毛《け》は長《なが》さが数《すう》センチあり、そでから指《ゆび》のつけ根《ね》まで、びっしりと生《は》えている。さらに、いつもは貝《かい》がらのような爪《つめ》の先《せん》たんが、するどくとがっていた。

まるで猫《ねこ》の爪《つめ》のように…………。

「うわっ！」

たま美《み》はあわてて左手《ひだりて》をかくした。

「どうしたの？　たま美《み》」

「なっ、なんでもないっ！」

母親《ははおや》に背中《せなか》をむけて、たま美《み》は急《いそ》いでその場《ば》からはなれた。早足《はやあし》で部屋《へや》に戻《もど》り、ドアのカギをしっかりと閉《し》める。

深呼吸《しんこきゅう》をして、自分《じぶん》の左手《ひだりて》を、もう一度《いちど》確認《かくにん》する。右手《みぎて》の指《ゆび》で白《しろ》い毛《け》をつまんでひっぱると、手《て》の甲《こう》に完全《かんぜん》にくっついているのがわかった。

「そんな…………ウソだ…………」

額《ひたい》から、だらだらと冷《つめ》たい汗《あせ》が流《なが》れだす。

（おじさんが「猫《ねこ》になりたくない」って言《い》ってたのは、こういうことだったんだ。そして、きっと私《わたし》も猫《ねこ》に…………）

「ニャーッ！」

甲高《かんだか》い猫《ねこ》の鳴《な》き声《ごえ》が聞《き》こえた。

視線《しせん》を動《うご》かすと、窓《まど》の外《そと》に数十匹《すうじゅっぴき》の猫《ねこ》がいた。猫《ねこ》たちは不気味《ぶきみ》に瞳《ひとみ》を輝《かがや》かせて、たま美《み》を見《み》つめている。

「ひ、ひっ！」

たま美《み》は短《みじか》い悲鳴《ひめい》をあげて、その場《ば》にしりもちをついた。

「な、なんでノラ猫《ねこ》がこんなに……」

猫《ねこ》たちは窓《まど》に近《ちか》づき、するどい爪《つめ》で窓《まど》を引《ひ》っかきはじめる。

ガリ……ガリ……ガリ……。

すると、窓《まど》が数《すう》センチほど開《ひら》き、数匹《すうひき》の猫《ねこ》が部屋《へや》の中《なか》に入《はい》ってこようとした。

「あっ、ダメっ！」

たま美《み》は窓《まど》にかけ寄《よ》り、猫《ねこ》の前脚《まえあし》をたたいた。

「入《はい》ってくるなっ！」

大声《おおごえ》をだして、窓《まど》をしっかりと閉《し》める。

（おじさんは家出《いえで》したんじゃなかった。猫《ねこ》になったんだ。あの変《へん》な液体《えきたい》を飲《の》まされて。こいつらが………この猫《ねこ》たちがやったんだ！）

ガリ………ガリ………ガリ………。

猫《ねこ》たちは窓《まど》ガラスを引《ひ》っかきつづけている。

敵意《てきい》を感《かん》じる猫《ねこ》たちの行動《こうどう》に、たま美《み》の顔《かお》が蒼白《そうはく》になった。

「どうして？　いっぱいごはんあげてたじゃん！」

たま美《み》の声《こえ》が部屋《へや》の中《なか》にひびく。

「ずっと、かわいがってあげてたのに！」

その時《とき》、右手《みぎて》の甲《こう》にも白《しろ》い毛《け》が生《は》えはじめた。毛《け》は生《い》き物《もの》のようにざわざわと動《うご》いて、どんどん長《なが》く伸《の》びていく。

「あ………」

シャツのそでをまくると、白《しろ》い毛《け》はひじの部分《ぶぶん》までびっしりと生《は》えている。

「私《わたし》も猫《ねこ》に………」

上下《じょうげ》の歯《は》がぶつかり、カチカチと音《おと》をたてる。

(イヤだ。猫《ねこ》になんかなりたくない。私《わたし》は人間《にんげん》なのに)

「たま美《み》、どうしたの？」

ドアのむこうから母親《ははおや》の声《こえ》が聞《き》こえてきた。

「さっきから、変《へん》な音《おと》がしてるんだけど」

「マ……ママ……た、助《たす》け……」

突然《とつぜん》、声《こえ》がだせなくなった。

「あ……ぐっ……」

(こ、声《こえ》がでない。どうして……)

ぱくぱくと口《くち》を動《うご》かし、ドアにむかう。けれど、上半身《じょうはんしん》がふらふらとゆれて、うまく歩《ある》けない。

たま美《み》はバランスをくずして床《ゆか》に倒《たお》れこんだ。立《た》ちあがろうとしても、どうしても立《た》つことができない。

(そんな……)

たま美《み》は両手《りょうて》と両《りょう》ひざを床《ゆか》について、歩《ある》きだす。

（ママ……私《わたし》……）

必死《ひっし》に手《て》を伸《の》ばして、ドアのカギを開《あ》けた。


「たま美《み》っ！」

母親《ははおや》はいきおいよくドアを開《あ》けた。

「あなた、何《なに》して……あれ？」

部屋《へや》の中《なか》には誰《だれ》もいなかった。

「え？　たま美《み》、どこにいるの？」

きょろきょろとうす暗《ぐら》い部屋《へや》の中《なか》を見《み》まわす。

「たま美ーっ、いるんでしょ？」

その時《とき》、ベッドの上《うえ》の毛布《もうふ》がもぞもぞと動《うご》いた。

「んっ、何《なに》？」

母親《ははおや》は水玉《みずたま》もようの毛布《もうふ》をめくった。

毛布《もうふ》の下《した》には白《しろ》い猫《ねこ》がいた。

猫《ねこ》はぼさぼさの毛《け》をゆらして、母親《ははおや》に近《ちか》づく。

「ニャーっ！」

「あんた、どこから入《はい》ってきたの？」

母親《ははおや》の眉間《みけん》にしわが寄《よ》る。

「猫《ねこ》の鳴《な》き声《ごえ》がすると思《おも》ったら、あんただったのね」

「ニャー、ニャーっ！」

猫《ねこ》は何《なに》かを訴《うった》えるように母親《ははおや》にすり寄《よ》る。ぼさぼさの毛《け》が母親《ははおや》のはいていた靴下《くつした》についた。

「あーっ、もう……………」

母親《ははおや》は猫《ねこ》の首《くび》をつかんで、持《も》ちあげた。

「きっと、たま美《み》が部屋《へや》に入《い》れたのね。今度《こんど》、お店《みせ》でちゃんと猫《ねこ》を買《か》うのに」

「ニャーっ！」

「はいはい。うるさい！」

母親《ははおや》は窓《まど》を開《あ》けて、猫《ねこ》を外《そと》に放《ほう》りだした。

「もう、入《はい》ってきたらダメよ」

「ニャーっ、ニャーっ！」

猫《ねこ》は窓《まど》にかけ寄《よ》り、ガリガリと爪《つめ》を立《た》てる。

しかし、母親《ははおや》は猫《ねこ》を無視《むし》して、娘《むすめ》の名《な》を呼《よ》んだ。

「たま美《み》ーっ、どこにいるの？」

「ニャーっ、ニャー」

猫《ねこ》は必死《ひっし》に鳴《な》きつづけるが、部屋《へや》の窓《まど》が開《あ》くことはなかった。


次《つぎ》の日《ひ》の夕方《ゆうがた》、千春《ちはる》と久美子《くみこ》は団地《だんち》の前《まえ》で足《あし》をとめた。

久美子《くみこ》が千春《ちはる》に声《こえ》をかける。

「今日《きょう》、たま美休《みやす》みだったよね。風邪《かぜ》でもひいたのかな？」

「…………風邪《かぜ》じゃない気《き》がするよ」

千春《ちはる》はたま美《み》の家《いえ》の窓《まど》に視線《しせん》をむける。窓《まど》にはカーテンが引《ひ》かれていて、中《なか》を見《み》ることはできない。

千春《ちはる》はふっと息《いき》をはく。

「昨日《きのう》、給食《きゅうしょく》の時《とき》に変《へん》だったからさ」

「うん。あの時《とき》はびっくりしたよ。突然《とつぜん》、ミートボールを手《て》づかみで食《た》べはじめてさ。あれって、なんだったんだろう？　冗談《じょうだん》とは思《おも》えなかった」

「すごくおなかが空《す》いてたとか？」

「いやいや。それでも、あんなことしないって」

千春《ちはる》は、ぱたぱたと右手《みぎて》を左右《さゆう》に振《ふ》る。

「もしかして、何《なに》かの呪《のろ》いだったりして」

「そんなことないって」

久美子《くみこ》が笑《わら》いだす。

「まあ、明日《あした》も休《やす》みだったら、お見舞《みま》いに行《い》ってみようよ。お菓子《かし》でも買《か》ってさ」

「そうだね」

その時《とき》、しげみから白《しろ》い猫《ねこ》が姿《すがた》を見《み》せた。

「ニャーっ！」

白猫《しろねこ》は鳴《な》き声《ごえ》をあげながら、千春《ちはる》たちに近《ちか》づいていく。

「ニャー、ニャーっ！」

「あっ、猫《ねこ》だ！」

久美子《くみこ》が瞳《ひとみ》を輝《かがや》かせた。

「この白《しろ》い子《こ》は見《み》たことないなぁ」

「また、増《ふ》えたみたいだね」

そう言《い》って、千春《ちはる》は歩《ある》きだす。

「あれ？　さわっていかないの？」

「ふふふっ、もう、ノラ猫《ねこ》なんてさわる必要《ひつよう》ないんだよ」

千春《ちはる》は唇《くちびる》の両《りょう》はしを吊《つ》りあげて笑《わら》う。

「じつはさ、うちも猫飼《ねこか》ってもらえることになったんだ」

「えっ？　マジで？」

「うん。たま美《み》ん家《ち》のこと話《はな》したら、ママが飼《か》っていいって」

「うわーっ、いいなあー」

「もちろん、血統書《けっとうしょ》つきの子猫《こねこ》を飼《か》うからね」

「ニャーっ、ニャーっ！」

白猫《しろねこ》が、千春《ちはる》の靴《くつ》にふれた。

「あーっ、もう、うるさいって！」

千春《ちはる》は靴《くつ》の先《さき》でけりつけた。

「ギャアアアア！」

白猫《しろねこ》は叫《さけ》び声《ごえ》をあげて、地面《じめん》を転《ころ》がった。頭《あたま》から血《ち》が流《なが》れだし、金色《きんいろ》の瞳《ひとみ》ににじむ。

「ちょ、ちょっと」

久美子《くみこ》が驚《おどろ》いた声《こえ》をだした。

「やりすぎだって。血《ち》がでてるよ」

「これぐらいいいって。別《べつ》に死《し》ぬほどじゃないしさ」

千春《ちはる》は肩《かた》をすくめて、言葉《ことば》をつづける。

「どうせ、エサほしさに近《ちか》づいてきたんだよ。毛並《けな》みだって、ぼさぼさで汚《きたな》いしさ。きっと、ノミもいるよ」

「……………たしかに汚《よご》れてるよね」

血《ち》を流《なが》している猫《ねこ》を見《み》て、久美子《くみこ》は眉《まゆ》をひそめる。

「あんまり、かわいくもないかも」

「でしょー。ペットショップの猫《ねこ》とは段《だん》ちがいだよ」

「そういえば、千春《ちはる》、どんな猫飼《ねこか》うことにしたの？」

「マンチカンかなー。短《みじか》い脚《あし》で歩《ある》く姿《すがた》が最高《さいこう》にかわいいんだよ！」

「それなら、たま美《み》にはアメショー飼《か》ってもらおうよ。そうすれば、どっちの猫《ねこ》とも遊《あそ》べるし」

「それいいねぇー。ついでに久美子《くみこ》もメインクーンかペルシャ飼《か》ってよ」

「うちはどうかなぁー。でも、今度《こんど》、パパとママにたのんでみるよ。たま美《み》と千春《ちはる》の家《いえ》で猫飼《ねこか》うって言《い》ったら、少《すこ》しは考《かんが》えてくれるかも」

「うん。思《おも》いっきりおねだりしちゃえ！」

ふたりは楽《たの》しそうにおしゃべりを始《はじ》めた。

目《め》の前《まえ》で血《ち》を流《なが》している白猫《しろねこ》のことなど、まったく気《き》にする様子《ようす》もなかった。

「ぐうっ！」

白猫《しろねこ》は怒《いか》りのこもったようなうなり声《ごえ》をあげて、千春《ちはる》と久美子《くみこ》に近《ちか》づいた。

一週間後《しゅうかんご》、団地《だんち》の前《まえ》の道路《どうろ》で四十代前後《だいぜんご》の主婦《しゅふ》たちが集《あつ》まっていた。その前《まえ》を数台《すうだい》のパトカーが通《とお》りすぎていく。

「最近《さいきん》、物騒《ぶっそう》よね」

買《か》い物袋《ものぶくろ》を持《も》った主婦《しゅふ》が低《ひく》い声《こえ》をだした。

「小学生《しょうがくせい》が三人《にん》も行方不明《ゆくえふめい》になるなんて」

「まだ見《み》つからないのよね」

となりにいた主婦《しゅふ》の表情《ひょうじょう》がくもる。

「たしか、三人《にん》とも女《おんな》の子《こ》よね？」

「ええ。小学《しょうがく》五年生《ねんせい》で同《おな》じクラスだったみたいよ」

「誘拐《ゆうかい》………されちゃったのかしら」

「うちの子《こ》に、しばらく外《そと》では遊《あそ》ばないように言《い》っとかないと」

そう言《い》って、主婦《しゅふ》は視線《しせん》を団地《だんち》にむける。

団地《だんち》の前《まえ》には、十数匹《じゅうすうひき》の猫《ねこ》が集《あつ》まっていた。猫《ねこ》たちは瞳《ひとみ》を輝《かがや》かせて、主婦《しゅふ》たちを見《み》つめている。

「それにしても、また、猫《ねこ》が増《ふ》えたみたいね」

「誰《だれ》か、エサあげてるんじゃないの」

「あーっ、それで集《あつ》まってるのね」

「いいわね。猫《ねこ》は気楽《きらく》で」

「ずっと寝《ね》てててもいいしね。こっちは洗濯《せんたく》に買《か》い物《もの》に大忙《おおいそが》しなのに」

「私《わたし》も猫《ねこ》になりたいわ」

「ニャーーッ！」

主婦《しゅふ》たちの意見《いけん》に抗議《こうぎ》するかのように、白《しろ》い猫《ねこ》が鳴《な》き声《ごえ》をあげた。

エピローグ

七十六時間目《じかんめ》の授業《じゅぎょう》はいかがでしたか？

猫《ねこ》が大好《だいす》きな少女《しょうじょ》。

少女《しょうじょ》はいつもノラ猫《ねこ》にエサをあげていました。

でも、自分《じぶん》の家《いえ》で猫《ねこ》を飼《か》うことがきまってから、ノラ猫《ねこ》への関心《かんしん》がうすれてしまったようです。

そんな少女《しょうじょ》の気《き》まぐれに、猫《ねこ》たちは怒《いか》りを感《かん》じたのでしょうね。少女《しょうじょ》を猫《ねこ》に変《か》えてしまったのです。

そして、少女《しょうじょ》のふたりの友《とも》だちも猫《ねこ》になってしまいました。

彼女《かのじょ》たちは、今《いま》は団地《だんち》で暮《く》らしています。

エサをくれる人間《にんげん》がいるみたいですし、学校《がっこう》に行《い》って勉強《べんきょう》する必要《ひつよう》もありません。

ひょっとすると、それは幸《しあわ》せなことなのかもしれません。
え？　皆《みな》さんは人間《にんげん》のほうがいいですか？
それなら、注意《ちゅうい》したほうがいいでしょう。
猫《ねこ》の逆鱗《げきりん》にふれないように…………。

11時間目《じかんめ》

ごくらくの箱《はこ》

プロローグ

こんにちは。
皆《みな》さん、ちゃんと集《あつ》まっていますね。
さあ、授業《じゅぎょう》を始《はじ》めましょう。
春《はる》、夏《なつ》、秋《あき》、冬《ふゆ》。
皆《みな》さんは、どの季節《きせつ》が好《す》きですか？
美《うつく》しい花《はな》が咲《さ》き乱《みだ》れる春《はる》。
夏休《なつやす》みがある夏《なつ》。
紅葉《こうよう》がきれいな秋《あき》。
クリスマスやお正月《しょうがつ》のある冬《ふゆ》。
どの季節《きせつ》にも、いいところがあります。

でも、暑《あつ》さや寒《さむ》さが苦手《にがて》な人《ひと》は、夏《なつ》や冬《ふゆ》が苦手《にがて》かもしれませんね。
今回《こんかい》の物語《ものがたり》の主人公《しゅじんこう》は、暑《あつ》さが苦手《にがて》な少女《しょうじょ》です。
どんな物語《ものがたり》が始《はじ》まるのでしょうか。
深呼吸《しんこきゅう》して、ページをめくってください。

「あ………暑《あつ》い………」

夏木《なつき》あつ菜《な》は、ふらふらとした足《あし》どりで通学路《つうがくろ》を歩《ある》いていた。

あごのあたりで切《き》りそろえた髪《かみ》の毛《け》が、汗《あせ》で顔《かお》に張《は》りついている。

視線《しせん》を空《そら》にむけると、青《あお》い絵《え》の具《ぐ》でぬったような空《そら》と入道雲《にゅうどうぐも》が見《み》えた。

「もう、九月《がつ》なのに、どうして、こんなに暑《あつ》いの？」

疑問《ぎもん》の言葉《ことば》を口《くち》にして、公園《こうえん》の横《よこ》を通《とお》りすぎる。ランドセルを背負《せお》った背中《せなか》が、汗《あせ》でびっしょりとぬれて、ボーダーのT《ティー》シャツが重《おも》く感《かん》じられた。

ミーン………ミーン、ミーン………。

どこからか、セミの鳴《な》き声《ごえ》が聞《き》こえてくる。

あつ菜《な》のこめかみに血管《けっかん》が浮《う》きでた。

「うーっ、うるさいなぁー」

あつ菜《な》は両手《りょうて》で耳元《みみもと》をふさぎながら、強《つよ》い日射《ひざ》しの下《した》を歩《ある》きつづける。

十字路《じゅうじろ》を曲《ま》がると、二階《かい》建《だ》ての自分《じぶん》の家《いえ》が見《み》えた。

「やっと……着《つ》いた」

上半身《じょうはんしん》をゆらしながら、あつ菜《な》は玄関《げんかん》にむかう。ポケットからカギをとりだし、家《いえ》の中《なか》に入《はい》った。

「ただいまーって……誰《だれ》もいないか」

どうやら、母親《ははおや》は幼稚園《ようちえん》に弟《おとうと》をむかえに行《い》っているようだ。

靴《くつ》をぬいで、熱気《ねっき》のこもったろうかを進《すす》む。

リビングに入《はい》ると、ランドセルをおろし、すぐにエアコンのスイッチを入《い》れた。

十数秒後《じゅうすうびょうご》、生《なま》ぬるい空気《くうき》がではじめた。

「もうっ、なんでこんな古《ふる》いエアコン使《つか》ってんのっ！」

あつ菜《な》はエアコンにむかって文句《もんく》を言《い》った。

「最新《さいしん》のに買《か》い換《か》えれば、すぐに涼《すず》しくなるのに。しかも、エアコンがあるのはリビングだけって、いまどきありえないよ」

ぱたぱたと手《て》で自分《じぶん》の顔《かお》に風《かぜ》を送《おく》りながら、リビングに隣接《りんせつ》しているキッチンにむかう。

キッチンには、大《おお》きな白《しろ》い冷蔵庫《れいぞうこ》があった。

「とりあえず、リビングが涼《すず》しくなるまでは……」

あつ菜《な》は冷蔵庫《れいぞうこ》の扉《とびら》を開《あ》けて、その中《なか》に頭《あたま》をつっこむ。ひんやりとした空気《くうき》を感《かん》じて、思《おも》わずほおがゆるむ。

「くぅーっ、冷《つめ》たい。やっぱ、これいいなあー」

顔《かお》を横《よこ》にして、視線《しせん》を動《うご》かす。牛乳《ぎゅうにゅう》や麦茶《むぎちゃ》、豚肉《ぶたにく》のパック、母親《ははおや》が作《つく》ったポテトサラダがボウルに入《い》れておいてあるのが見《み》えた。

「豚肉《ぶたにく》かぁ。ってことは、今夜《こんや》の夕食《ゆうしょく》はしょうが焼《や》きかな。どうせなら、牛肉《ぎゅうにく》のステーキが食《た》べたかったなぁー」

そうつぶやきながら、まぶたを閉《と》じる。

ブーンという音《おと》とともに、ほおに冷《つめ》たい空気《くうき》があたる。

「ああ……気持《きも》ちいいなぁ……」

（このまま、ここで眠《ねむ》って………）

「あつ菜《な》っ！」

突然《とつぜん》、背後《はいご》から声《こえ》が聞《き》こえてきた。振《ふ》り返《かえ》ると、母親《ははおや》が眉《まゆ》を吊《つ》りあげて、あつ菜《な》をにらみつけている。

「また、冷蔵庫《れいぞうこ》に頭《あたま》つっこんで。何考《なにかんが》えてるの？」

「あ、ママ。おかえり」

「おかえりじゃないでしょ！　冷蔵庫《れいぞうこ》を開《あ》けっ放《ぱな》しにしたら、電気代《でんきだい》が高《たか》くなるのよ。わかってるの？」

「別《べつ》にいいじゃん。これぐらい。どうせ、十円《えん》アップぐらいでしょ」

「無駄《むだ》なお金《かね》は使《つか》いたくないの。それに青次《せいじ》がマネしたらどうするの？」

母親《ははおや》はとなりにいる園児服姿《えんじふくすがた》の青次《せいじ》を見《み》る。青次《せいじ》は五歳《さい》で、十一歳《さい》のあつ菜《な》とは六《むっ》つ年《とし》がはなれている。

青次《せいじ》は冷蔵庫《れいぞうこ》の前《まえ》にいるあつ菜《な》をバカにした顔《かお》で見《み》た。

「僕《ぼく》、お姉《ねえ》ちゃんみたいなバカなことしないよ」

「なっ、何《なに》それ！」

あつ菜《な》はぷっとほおをふくらませた。

「生意気《なまいき》だぞ。まだ、ピーマンも食《た》べられないお子様《こさま》のくせにー」

「お姉《ねえ》ちゃんだって、ナス食《た》べられないじゃん」

「うっ………ナスはいいんだよ」

弟《おとうと》に反論《はんろん》されて、あつ菜《な》は、また冷蔵庫《れいぞうこ》に頭《あたま》をつっこむ。

「とにかく、この気持《きも》ちよさがわからないのはお子様《こさま》ってことなの」

「大人《おとな》だって、わかりません！」

母親《ははおや》があつ菜《な》の背中《せなか》をつかんでひっぱりだして、冷蔵庫《れいぞうこ》のドアをしっかりと閉《し》めた。

「こんなことしたらダメ。お肉《にく》や野菜《やさい》がいたんだらどうするの」

「えーっ、いいじゃん。これぐらい」

床《ゆか》に座《すわ》りこんで、あつ菜《な》は母親《ははおや》を見《み》あげる。

「体《からだ》を一気《いっき》に冷《ひ》やすには、冷蔵庫《れいぞうこ》がいちばんなんだよ」

「そんな冷蔵庫《れいぞうこ》の使《つか》い方《かた》をする人《ひと》なんて、いないから」

「それは、みんなが知《し》らないだけだよ。ごくらくタイムを」

「ごくらくタイム？」

「うん。冷蔵庫《れいぞうこ》の中《なか》に頭《あたま》入《い》れてると、天国《てんごく》にいるような気分《きぶん》になるんだ。ママもやってみたらわかるよ」

「そんなこと、やるわけないでしょ！」

「ふーんだ。この気持《きも》ちよさを知《し》らないなんて、もったいない！」

あつ菜《な》はぶつぶつと文句《もんく》を言《い》いながら、リビングに移動《いどう》した。リビングはさっきつけていたエアコンのおかげで、だいぶ涼《すず》しくなっていた。

「あ………少《すこ》し涼《すず》しくなってる。これならいいか」

あつ菜《な》はソファーに横《よこ》たわって、ふっと息《いき》をはきだす。

（もっと、一瞬《いっしゅん》で涼《すず》しくなればいいのになぁー）

「あっ、また、こんなに温度低《おんどひく》くして！」

いつの間《ま》にか、母親《ははおや》が目《め》の前《まえ》に立《た》っていた。母親《ははおや》はエアコンの温度設定《おんどせってい》を見《み》て、あつ菜《な》をにらみつける。

「二十六度以下《どいか》にしたらダメって言《い》ったでしょ」

そう言《い》いながら、リモコンを操作《そうさ》する。

「ああっ、ダ、ダメ！」

あつ菜《な》は上半身《じょうはんしん》を起《お》こして、母親《ははおや》からリモコンを奪《うば》いとろうとする。その手《て》を母親《ははおや》がぺしりとたたいた。

「ダメ、じゃありません。少《すこ》しはがまんしなさい！」

「でも、涼《すず》しくないと、宿題《しゅくだい》ができないよ」

「文句《もんく》を言《い》わない。二十六度《ど》だって、じゅうぶん涼《すず》しいじゃないの」

「それはママが暑《あつ》がりじゃないからだよ。私《わたし》はもっと涼《すず》しいほうがいいの。冷蔵庫《れいぞうこ》ぐらい冷《つめ》たくしたいよ」

「バカなこと言《い》ってないで、さっさと宿題《しゅくだい》やりなさい！」

母親《ははおや》は床《ゆか》におかれたランドセルを指《ゆび》さした。

「今後《こんご》、リモコンの設定《せってい》を二十六度以下《どいか》にしたら、お小遣《こづか》いへらすからね」

「えーっ、そんなのひどいよ！　私《わたし》に死《し》ねって言《い》うの？」

「エアコンの温度《おんど》をあげたぐらいで、死《し》ぬわけないでしょ！　昔《むかし》はエアコンなんて、なかったんだから」

母親《ははおや》の眉間《みけん》のしわが深《ふか》くなる。

「これは約束《やくそく》だからね。お小遣《こづか》いへらされたくなかったら、ちゃんと守《まも》るように」

「そ、そんなぁー」

あつ菜《な》の口《くち》から悲《かな》しげな声《こえ》がもれた。

次《つぎ》の日《ひ》の朝《あさ》。五年《ねん》一組《くみ》の教室《きょうしつ》で、あつ菜《な》は友《とも》だちのミドリと紀子《のりこ》に昨日《きのう》の出来事《できごと》を話《はな》した。

ミドリは勉強《べんきょう》ができて、ポニーテールがトレードマークの女《おんな》の子《こ》だ。紀子《のりこ》はオシャレ好《ず》きで、あつ菜《な》より背《せ》が高《たか》い。

「…………って、ひどいと思《おも》わない？」

「ううん。ぜんぜん」

ミドリがあきれた顔《かお》であつ菜《な》を見《み》つめる。

「二十六度《ど》の設定《せってい》なら、じゅうぶん涼《すず》しいじゃん」

「えーっ、そんなことないよ」

あつ菜《な》はこぶしで目《め》の前《まえ》の机《つくえ》を軽《かる》くたたいた。

「暑《あつ》い外《そと》を歩《ある》いて家《いえ》に帰《かえ》ってきたんだよ。そんな時《とき》は、体《からだ》を一気《いっき》に冷《ひ》やしたいじゃん。だから、エアコンを二十度《ど》ぐらいにしてもいいと思《おも》うんだよ」

「あはは。ほんと、あつ菜《な》は暑《あつ》がりだね」

ミドリのとなりにいた紀子《のりこ》が笑《わら》いだす。

「二十度《ど》なんて、逆《ぎゃく》に寒《さむ》すぎるって」

「そうかなぁー。私《わたし》は冷蔵庫《れいぞうこ》ぐらい冷《つめ》たくしてもいいと思《おも》ってるんだけど」

「はぁ？　冷蔵庫《れいぞうこ》って五度《ど》ぐらいじゃなかったっけ？　それって、真冬《まふゆ》じゃん」

「それぐらいのほうが気持《きも》ちいいんだよ」

あつ菜《な》は視線《しせん》を窓《まど》の外《そと》にむける。

真《ま》っ青《さお》な空《そら》にぽっかりと浮《う》かんだ太陽《たいよう》が見《み》えた。

「なんで、日本《にほん》の夏《なつ》はこんなに暑《あつ》いんだろ？」

「湿度《しつど》のせいかもね」

紀子《のりこ》が下敷《したじ》きで顔《かお》をあおぎながら言《い》った。

「湿度《しつど》が高《たか》いと、蒸《む》し暑《あつ》く感《かん》じるんだって。あとは、えーと……なんとかアイランド」

「ヒートアイランドでしょ」

ミドリが答《こた》える。

「たしか、町《まち》の温度《おんど》がエアコンとかアスファルトの道路《どうろ》のせいで高《たか》くなるんだよ」

「エアコンつけたら涼《すず》しくなるんじゃないの？」

あつ菜《な》が驚《おどろ》いた顔《かお》でミドリに聞《き》いた。

「それは部屋《へや》の中《なか》だけだって。ほら、エアコンの室外機《しつがいき》から熱《あつ》い空気《くうき》がでてるじゃん。ひとりやふたりなら、たいしたことないけど、どこの家《いえ》でも会社《かいしゃ》でも、エアコン使《つか》ってたらねぇ」

「あ………そういうことか」

「だからといって、自分《じぶん》の家《いえ》だけエアコンつけなくても、意味《いみ》ないし」

「そりゃそうだよね」

「まあ、あと一か月《げつ》のしんぼうだよ。さすがに十月《がつ》すぎたら、涼《すず》しくなってくるって」

「あと一か月《げつ》かぁ………」

思《おも》わず、ため息《いき》がもれる。

(この地獄《じごく》がまだつづくなんて、耐《た》えられないよ)

あつ菜《な》は額《ひたい》ににじんだ汗《あせ》をハンカチでぬぐった。


放課後《ほうかご》、あつ菜《な》はランドセルを背負《せお》って、校門《こうもん》をでた。正面《しょうめん》のビルに太陽《たいよう》の光《ひかり》が反射《はんしゃ》して、あつ菜《な》の体《からだ》を照《て》らす。

「ううーっ」

うなるような声《こえ》をだして、あつ菜《な》はアスファルトの道路《どうろ》を歩《ある》きだした。もわりと熱《あつ》い空《くう》気《き》が顔《かお》にかかる。

「昨日《きのう》より、暑《あつ》くなってるじゃん」

水玉《みずたま》のT《ティー》シャツに汗《あせ》がしみこみ、不快感《ふかいかん》が増《ま》す。

「ああ………体《からだ》が溶《と》けてくような気《き》がする」

ふらふらとした足《あし》どりで、あつ菜《な》は通学路《つうがくろ》を歩《ある》きつづけた。

家《いえ》に帰《かえ》ると、洗面所《せんめんじょ》から物音《ものおと》が聞《き》こえた。どうやら、今日《きょう》は母親《ははおや》が先《さき》に帰《かえ》ってきているようだ。

「た、ただいまぁー」

あつ菜《な》はろうかを抜《ぬ》けて、リビングに入《はい》った。エアコンの電源《でんげん》が入《はい》っているのに気《き》づいて、あつ菜《な》の表情《ひょうじょう》がゆるむ。

「あ……エアコンついてる。よかった……って、あんまり涼《すず》しくないじゃん」

あつ菜《な》はテーブルの上《うえ》においてあったエアコンのリモコンをすかさず手《て》にとる。

「はぁ？　二十八度《ど》って、ありえない」

一気《いっき》に温度《おんど》をさげようとしたが、母親《ははおや》との約束《やくそく》を思《おも》いだす。

「あ、そっか。二十六度《ど》以下《いか》はダメなんだ……」

設定《せってい》を二十六度《ど》にして、エアコンの下《した》に立《た》つ。

さっきより、少《すこ》し涼《すず》しくなった気《き》がするが、あつ菜《な》は満足《まんぞく》できなかった。

「こんなんじゃダメだよ。もっと、一気《いっき》に体《からだ》を冷《ひ》やしたいのに……」

（でも、エアコンの温度《おんど》をさげたら、すぐにバレちゃう。リモコンに数字《すうじ》がでてるし、かくしててもわかるだろうしなぁ）

「こうなったら……」

ランドセルを放《ほう》り投《な》げて、あつ菜《な》はろうかに顔《かお》をだした。洗面所《せんめんじょ》のドアの前《まえ》にぬれた洗《せん》濯物《たくもの》が入《はい》ったカゴが見《み》える。母親《ははおや》は洗濯《せんたく》をしているようだ。

（よし！　今《いま》なら大丈夫《だいじょうぶ》）

あつ菜《な》はキッチンに移動《いどう》して、冷蔵庫《れいぞうこ》のドアを開《あ》けた。そのまま、頭《あたま》を冷蔵庫《れいぞうこ》の中《なか》に入《い》れる。

一気《いっき》に空気《くうき》が冷《つめ》たくなった。

「はぁ……これこれ……」

あつ菜《な》のほおがゆるむ。

（冷蔵庫《れいぞうこ》の温度《おんど》って、五度《ど》ぐらいらしいし、やっぱ、このぐらいの冷《つめ》たい空気《くうき》で一気《いっき》に体《からだ》を冷《ひ》やしたほうが私《わたし》は好《す》きだな）

数分後《すうふんご》、ろうかから足音《あしおと》が聞《き》こえてきた。

あつ菜《な》は素早《すばや》く冷蔵庫《れいぞうこ》から頭《あたま》をだして、ドアを閉《し》める。

同時《どうじ》に母親《ははおや》がキッチンに入《はい》ってきた。

「あら、帰《かえ》ってきてたの？」

「う、うん。麦茶《むぎちゃ》でも飲《の》もうと思《おも》ってさ」

あつ菜《な》はぎこちなく笑《わら》いながら、もう一度《いちど》冷蔵庫《れいぞうこ》のドアを開《あ》ける。中《なか》に入《はい》っていた麦茶《むぎちゃ》をとりだした。

「やっぱ、暑《あつ》い時《とき》は水分補給《すいぶんほきゅう》しないとさ」

「そうね。熱中症《ねっちゅうしょう》になったら大変《たいへん》だし」

母親《ははおや》はあつ菜《な》の行動《こうどう》に気《き》づかなかったようだ。

あつ菜《な》の唇《くちびる》の両《りょう》はしが吊《つ》りあがる。

(やった。うまくごまかせたみたい。この調子《ちょうし》なら、一日《にち》十回《かい》ぐらいはいけるかも。これで、なんとか暑《あつ》さをのりきるんだ)

食器棚《しょっきだな》からとりだしたコップに麦茶《むぎちゃ》を入《い》れて、あつ菜《な》はそれを一気《いっき》に飲《の》みほした。

それからも、あつ菜《な》は母親《ははおや》の目《め》を盗《ぬす》んで、冷蔵庫《れいぞうこ》で涼《すず》んでいた。母親《ははおや》がキッチンをはなれると、冷蔵庫《れいぞうこ》のドアを開《あ》けて、頭《あたま》をつっこむ。当然《とうぜん》、母親《ははおや》に見《み》つかったら、怒《おこ》られてしまうだろう。しかし、あつ菜《な》はその行動《こうどう》をやめることはなかった。

しばらくしたある日《ひ》、母親《ははおや》は弟《おとうと》の青次《せいじ》といっしょに買《か》い物《もの》にでかけていった。

あつ菜《な》は、すぐさまキッチンに移動《いどう》すると、冷蔵庫《れいぞうこ》に頭《あたま》をつっこんだ。

「ごくらくタイムだなぁー」

そうつぶやきながら、深《ふか》く息《いき》をすいこむ。体《からだ》の中《なか》に冷《ひ》えた空気《くうき》が入《はい》りこんできた。

「やっぱ、これはやめられないよね」

その時《とき》、冷蔵庫《れいぞうこ》の奥《おく》の白《しろ》い内装《ないそう》に、灰色《はいいろ》のシミのようなものが見《み》えた。

「あれ……………？」

あつ菜《な》はまぶたをぱちぱちと動《うご》かして、シミをじっと見《み》つめる。

灰色《はいいろ》のシミはだ円形《えんけい》をしていて、中央《ちゅうおう》に黒《くろ》い丸《まる》のような汚《よご》れがあった。まるで、人《ひと》の目《め》のようだ。

（なんで、こんなところにシミが？　カビ…………じゃないよね）

目《め》の形《かたち》をしたシミが、自分《じぶん》を見《み》ているような気《き》がする。

（イヤな形《かたち》のシミだな。なんか、落《お》ち着《つ》かないや）

あつ菜《な》は冷蔵庫《れいぞうこ》から頭《あたま》をだして、ドアを閉《し》めた。

「今日《きょう》はこれぐらいでいいか。だいぶ、体《からだ》も冷《ひ》えたし」

そうつぶやいて、リビングにむかった。


日曜日《にちようび》の朝《あさ》、母親《ははおや》はリビングでテレビを観《み》ていた。テレビに集中《しゅうちゅう》している母親《ははおや》を横目《よこめ》に見《み》て、あつ菜《な》はキッチンに移動《いどう》する。

（今《いま》なら、大丈夫《だいじょうぶ》そう。麦茶《むぎちゃ》飲《の》むふりをして、ごくらくタイムを楽《たの》しもう）

冷蔵庫《れいぞうこ》のドアを開《あ》けた瞬間《しゅんかん》、あつ菜《な》の目《め》が大《おお》きく開《ひら》かれた。

昨日《きのう》見《み》つけた目《め》の形《かたち》をしたシミが、二《ふた》つになっていたのだ。

「え…………？」

あつ菜《な》は、よく見《み》ようと冷蔵庫《れいぞうこ》の奥《おく》に顔《かお》を近《ちか》づける。目《め》の形《かたち》をしたシミは真横《まよこ》に並《なら》んでいて、人《ひと》の顔《かお》のようにも見《み》えた。

(なんだ、これ？　目《め》が二《ふた》つに増《ふ》えてる………)

そのシミが自分《じぶん》をにらんでいる気《き》がして、あつ菜《な》の表情《ひょうじょう》がくもった。

突然《とつぜん》、背後《はいご》から誰《だれ》かがあつ菜《な》の肩《かた》をつかんだ。

あわてて、振《ふ》り返《かえ》るとパジャマ姿《すがた》の青次《せいじ》がいた。

「どうしたの？　お姉《ねえ》ちゃん」

「あ、せ、青次《せいじ》か………」

あつ菜《な》は、ふっと息《いき》をはきだした。

「牛乳《ぎゅうにゅう》を飲《の》もうと思《おも》って」

そう言《い》って、冷蔵庫《れいぞうこ》から牛乳《ぎゅうにゅう》のパックをとりだす。

「あんたも飲《の》む？」

「うん」と青次《せいじ》がうなずく。

(よし！　うまくごまかせたみたいだ。青次《せいじ》はママの味方《みかた》だからな。私《わたし》が冷蔵庫《れいぞうこ》に頭《あたま》つっこんでいるところを見《み》たら、絶対《ぜったい》に言《い》いつけるだろうし。注意《ちゅうい》しておかないと)

昼食《ちゅうしょく》のあと、あつ菜《な》はリビングで漫画《まんが》を読《よ》んでいた。ページをめくっていると、テーブルの上《うえ》においてあったエアコンのリモコンが目《め》に入《はい》った。小《ちい》さな液晶画面《えきしょうがめん》には『二十六度《ど》』と表示《ひょうじ》されている。

(やっぱり、二十六度《ど》はいまいちだなぁ。外《そと》にいるよりはいいけど、気持《きも》ちよさが足《た》りないよ)

窓《まど》から庭《にわ》を見《み》ると、青次《せいじ》が虫《むし》とり網《あみ》を持《も》って歩《ある》きまわっている。どうやら、セミをつかまえようとしているようだ。

「こんな暑《あつ》いのに、セミとりなんて元気《げんき》だなぁー」

その時《とき》、家《いえ》の電話《でんわ》が鳴《な》った。

母親《ははおや》が受話器《じゅわき》をとって、耳元《みみもと》にあてる。

「はい……あ、日高《ひだか》さん。用水路《ようすいろ》の掃除《そうじ》のこと？　それなら……」

(近所《きんじょ》のおばさんからか。きっと長《なが》くなるよね)

あつ菜《な》は漫画《まんが》をテーブルの上《うえ》において、立《た》ちあがった。

(よし！　今《いま》のうちにごくらくタイムやっちゃうか。さっきは青次《せいじ》にジャマされたし)

あつ菜《な》は足音《あしおと》をしのばせて、キッチンにむかった。

リビングからは母親《ははおや》の笑《わら》い声《ごえ》が聞《き》こえてくる。電話《でんわ》でのおしゃべりが盛《も》りあがっているようだ。

冷蔵庫《れいぞうこ》の取《と》っ手《て》にふれた時《とき》、さっきの変《へん》なシミのことを思《おも》いだす。

(あのシミ……なんか人《ひと》の顔《かお》みたいに見《み》えた。でも、どうして冷蔵庫《れいぞうこ》の中《なか》にあんなシミができたんだろう？)

取《と》っ手《て》をにぎる手《て》が少《すこ》し汗《あせ》ばむ。

(気《き》にするな。あんなの、ただのシミじゃん。それよりも私《わたし》は気持《きも》ちよくなりたいんだ)

あつ菜《な》は、冷蔵庫《れいぞうこ》のドアを開《あ》けた。

「あ……」

かすれた声《こえ》が自分《じぶん》の口《くち》からもれた。

また、冷蔵庫《れいぞうこ》のシミの形《かたち》が変《か》わっていたのだ。目《め》の形《かたち》のシミを囲《かこ》むように、灰色《はいいろ》のシミが広《ひろ》がっている。その形《かたち》は人《ひと》のりんかくのように見《み》えた。

「ウ……………ウソ……………」

あつ菜《な》はぺたりとしりもちをついた。

(そんなバカな。さっき、冷蔵庫《れいぞうこ》を開《あ》けた時《とき》は、目《め》みたいなシミが二《ふた》つだけだったのに)

「この冷蔵庫《れいぞうこ》……………変《へん》だ」

あつ菜《な》は冷蔵庫《れいぞうこ》のドアを閉《し》めて、その場《ば》からはなれた。


「ママっ!」

リビングに戻《もど》ると、あつ菜《な》は電話中《でんわちゅう》の母親《ははおや》にかけ寄《よ》った。

「……………じゃあ、来週《らいしゅう》はよろしくお願《ねが》いします」

母親《ははおや》は電話《でんわ》を切《き》って、あつ菜《な》を見《み》た。

「どうしたの? 顔色悪《かおいろわる》いわよ」

「れっ、冷蔵庫《れいぞうこ》に変《へん》なシミがあるの」

「変《へん》なシミ?」

「うん。人《ひと》の顔《かお》みたいなシミがあって……………」

「はぁ？　そんなのあったかしら」

母親《ははおや》はあつ菜《な》といっしょにキッチンに行《い》く。そして、無造作《むぞうさ》に冷蔵庫《れいぞうこ》のドアを開《あ》けて、中《なか》をのぞきこむ。

「……シミなんてないじゃない」

「えっ？　そんなことないよ。ほら、奥《おく》のほうに…………」

あつ菜《な》は母親《ははおや》の横《よこ》に立《た》って、冷蔵庫《れいぞうこ》の中《なか》を見《み》た。

「あ………」

さっき見《み》たシミはなくなっていた。

「……なんで」

あつ菜《な》は冷蔵庫《れいぞうこ》に顔《かお》を近《ちか》づける。

（そんなバカな。さっきは絶対《ぜったい》にあったのに…………）

自分《じぶん》の体温《たいおん》が一気《いっき》にさがった気《き》がした。

「ママ……この冷蔵庫《れいぞうこ》、どこで買《か》ったの？」

「買《か》ってないわよ。親戚《しんせき》のおばさんからもらったの」

「もら…………った？」

「ええ。処分《しょぶん》するって言《い》っててね。それなら、うちがもらうって話《はなし》になったの」

母親《ははおや》は当時《とうじ》のことを思《おも》いだしているのか、まぶたを数秒間《すうびょうかん》閉《と》じた。

「レイちゃんのことがあったから…………」

「レイちゃん？」

「ああ。あなたは小《ちい》さかったから覚《おぼ》えてないのね。親戚《しんせき》のおばさんの娘《むすめ》さんの名前《なまえ》よ。行方《ゆくえ》不明《ふめい》になっちゃったの」

「行方不明《ゆくえふめい》…………」

「まだ、見《み》つかってないのよねぇー」

母親《ははおや》は深《ふか》く息《いき》をはいて、言葉《ことば》をつづける。

「レイちゃんは十歳《さい》の女《おんな》の子《こ》で、いたずら好《ず》きでね。よく冷蔵庫《れいぞうこ》で遊《あそ》んでいたの」

「冷蔵庫《れいぞうこ》で？」

「うん。あなたと同《おな》じで、冷蔵庫《れいぞうこ》に頭《あたま》つっこんだりしてね」

「私《わたし》と同《おな》じ…………」

「だから、おばさんはつらかったのよ。この冷蔵庫《れいぞうこ》を見《み》ると、レイちゃんのことを思《おも》いだしちゃうから。それで、まだ使《つか》えるのにゆずってくれたの」

母親《ははおや》の言葉《ことば》に、あつ菜《な》の顔《かお》から血《ち》の気《け》が失《う》せる。

(私《わたし》と同《おな》じことやってた女《おんな》の子《こ》が行方不明《ゆくえふめい》？)

あつ菜《な》はドアが開《あ》いたままの冷蔵庫《れいぞうこ》に視線《しせん》をむける。内装《ないそう》にシミはないが、イヤな気配《けはい》を感《かん》じる。

(やっぱり、この冷蔵庫《れいぞうこ》おかしい)

その時《とき》、冷蔵庫《れいぞうこ》の奥《おく》で黒《くろ》い影《かげ》のようなものが動《うご》いた。

「ひ、ひっ！」

短《みじか》い悲鳴《ひめい》をあげて、あつ菜《な》はキッチンから逃《に》げだした。

「ちょ、ちょっと、あつ菜《な》！　どうしたのよ？」

母親《ははおや》の声《こえ》が、あつ菜《な》には聞《き》こえていなかった。そのまま、ろうかを走《はし》り抜《ぬ》け、玄関《げんかん》から家《いえ》をでた。

(あんな冷蔵庫《れいぞうこ》の近《ちか》くになんかいたくない！)

あつ菜《な》は住宅街《じゅうたくがい》の路地《ろじ》を走《はし》りつづけた。


「で、うちに来《き》たの？」

紀子《のりこ》があきれた顔《かお》で、あつ菜《な》を見《み》た。

「だ、だって、あんな冷蔵庫《れいぞうこ》がある家《いえ》になんか、いたくないよ」

あつ菜《な》は、紀子《のりこ》の家《いえ》の玄関先《げんかんさき》で荒《あら》い息《いき》を繰《く》り返《かえ》す。全速力《ぜんそくりょく》で走《はし》ったせいか、ボーダーのT《ティー》シャツが汗《あせ》で重《おも》くなっていた。

「とにかく、入《はい》りなよ」

「う、うん。ありがとう」

あつ菜《な》は紀子《のりこ》にお礼《れい》を言《い》って、額《ひたい》の汗《あせ》をぬぐった。


紀子《のりこ》の家《いえ》のキッチンには、木製《もくせい》のテーブルとイスがおかれていた。

紀子《のりこ》はテーブルの上《うえ》にあったコップに冷《つめ》たいウーロン茶《ちゃ》をそそぎ、あつ菜《な》の前《まえ》においた。

「でさー、さっきの話《はなし》だけど、ありえないと思《おも》うよ」

「ほんとだって！」

そう言《い》って、あつ菜《な》はウーロン茶《ちゃ》を一気《いっき》に飲《の》みほす。

「人《ひと》の顔《かお》みたいなシミがあったし、黒《くろ》い影《かげ》が動《うご》いたんだよ。あれ、なんか髪《かみ》の毛《け》みたいだった。もしかしたら、行方不明《ゆくえふめい》になったレイちゃんかもしれない」

「レイちゃんの髪《かみ》の毛《け》が見《み》えたってこと？」

「う………うん」

「でも、その子《こ》がなんで冷蔵庫《れいぞうこ》の中《なか》にいるのさ？」

「それは………わかんないけど」

あつ菜《な》はからになったコップをテーブルにおく。

「けど、やっぱりあの目《め》………私《わたし》を見《み》てた気《き》がする」

「偶然《ぐうぜん》だよ。シミの形《かたち》と瞳《ひとみ》の位置《いち》でそう見《み》えただけだって」

紀子《のりこ》は肩《かた》をすくめて、イスから立《た》ちあがる。

「心霊写真《しんれいしゃしん》とか、そんなのも多《おお》いみたいだよ。偶然《ぐうぜん》、人《ひと》の顔《かお》の形《かたち》に見《み》えるだけでさ」

「そうかなぁー」

「とりあえず、アイスでも食《た》べて落《お》ち着《つ》きなよ」

そう言《い》って、冷凍庫《れいとうこ》のドアを開《あ》ける。

中《なか》には数種類《すうしゅるい》のアイスが入《はい》っていた。

「どれがいい？」

「アイスなんか食《た》べてる場合《ばあい》じゃないのに……………」

そう言《い》いながらも、あつ菜《な》は冷蔵庫《れいぞうこ》に近《ちか》づく。イチゴ味《あじ》のアイスに手《て》を伸《の》ばそうとした時《とき》、奥《おく》の内装《ないそう》に血走《ちばし》った二《ふた》つの目《め》があることに気《き》づいた。目《め》にはまぶたがなく、横《よこ》ではなく、たてに二《ふた》つ並《なら》んでいる。

「うあああああっ！」

あつ菜《な》は悲鳴《ひめい》をあげて、キッチンから逃《に》げだした。

「ちょ、ちょっと」

驚《おどろ》いた顔《かお》で紀子《のりこ》が追《お》いかけてくる。

「どうしたの？　あつ菜《な》」

紀子《のりこ》の手《て》があつ菜《な》の肩《かた》をつかんだ。けれど、パニックになったあつ菜《な》はその手《て》を振《ふ》りほどく。その拍子《ひょうし》に紀子《のりこ》の体《からだ》がろうかの壁《かべ》にぶつかった。

ドンッと大《おお》きな音《おと》がして、紀子《のりこ》は顔《かお》をしかめる。

「あつ菜《な》………」

紀子《のりこ》の声《こえ》があつ菜《な》には聞《き》こえていなかった。

そのまま玄関《げんかん》のドアを開《あ》けて、紀子《のりこ》の家《いえ》から逃《に》げだす。

(どうして、紀子《のりこ》の家《いえ》の冷蔵庫《れいぞうこ》にも？　わけがわからない)

「はぁ……はぁ……はぁ……」

だらだらと汗《あせ》が流《なが》れだし、息苦《いきぐる》しさを感《かん》じる。

(どうすれば………どうすればいいの？)

住宅街《じゅうたくがい》の中《なか》にある十字路《じゅうじろ》の真《ま》ん中《なか》で、あつ菜《な》は足《あし》をとめた。太陽《たいよう》の光《ひかり》が体《からだ》を照《て》らし、アスファルトの道路《どうろ》にくっきりと濃《こ》い影《かげ》をつくっている。

ぽたりと汗《あせ》が道路《どうろ》に落《お》ちる。

(やっぱり、ママに話《はな》すしかない。ちゃんと説明《せつめい》すれば、わかってくれるはず)

「そうだ！　お祓《はら》いしてもらえばいいんだ。お坊《ぼう》さんとかにたのめば、なんとかなるかもしれない」

あつ菜《な》は両手《りょうて》をこぶしの形《かたち》にして、家《いえ》にむかって走《はし》りだした。

「ママっ！　話《はなし》があるの」

そう言《い》って、あつ菜《な》はリビングのドアを開《あ》けた。しかし、母親《ははおや》の姿《すがた》はない。

「あれ………？」

あつ菜《な》の表情《ひょうじょう》がくもる。

「ママーっ！　いないの？」

やはり、母親《ははおや》からの返事《へんじ》はない。

あつ菜《な》はテーブルの上《うえ》に紙《かみ》がおいてあることに気《き》づいた。その紙《かみ》を手《て》にとり、書《か》かれてあった文字《もじ》を読《よ》む。

『青次《せいじ》と近《ちか》くのスーパーに買《か》い物《もの》に行《い》ってきます。すぐに戻《もど》るから』

「買《か》い物《もの》っ？　こんな時《とき》に………」

あつ菜《な》は唇《くちびる》を強《つよ》くかんだ。

「近《ちか》くのスーパーってことは、公園《こうえん》の前《まえ》のマルアツか」

(私《わたし》も行《い》こう。こんな家《いえ》にひとりでいたくないし)

あつ菜《な》は玄関《げんかん》にむかうと、ドアの取《と》っ手《て》をつかむ。しかし、その取《と》っ手《て》が動《うご》かない。

「えっ？　どうして？　カギははずしてるのに」

体重《たいじゅう》をかけるようにして押《お》してみるが、ドアは開《あ》かない。

「どうして、こんな時《とき》に………」

舌打《したう》ちして、勝手口《かってぐち》にむかう。だが、そっちのドアも開《あ》かなかった。

「それなら、窓《まど》からでてやる！」

早足《はやあし》でリビングに戻《もど》り、窓《まど》のカギをはずす。

「よし！　これで………あ、あれ？」

なぜか、リビングの窓《まど》も開《あ》かなかった。

「そんな………」

だらだらと汗《あせ》が流《なが》れだし、ボーダーのＴ《ティー》シャツをふたたびぬらす。

「あ、暑《あつ》い………」

あつ菜《な》はテーブルの上《うえ》にあったエアコンのリモコンを手《て》にとり、『冷房《れいぼう》』のボタンを押《お》す。

しかし、エアコンは動《うご》かない。

「なんでっ！」

あつ菜《な》は奥歯《おくば》を強《つよ》くかんで、何度《なんど》も『冷房《れいぼう》』のボタンを押《お》しつづける。それでも、エアコンが動《うご》くことはなかった。

「ウソだ………」

あつ菜《な》の手《て》から、リモコンがすべりおちた。

「こんなこと、あるはずないのに」

(まさか、これも冷蔵庫《れいぞうこ》のせい？)

視線《しせん》を冷蔵庫《れいぞうこ》があるキッチンにむける。

(どうしよう………このままじゃ、私《わたし》、暑《あつ》さで死《し》んじゃうかもしれない)

「そうだ！　ママに電話《でんわ》して外《そと》から開《あ》けてもらうんだ」

あつ菜《な》は電話機《でんわき》にかけ寄《よ》り、受話器《じゅわき》を耳《みみ》にあてた。覚《おぼ》えていた母親《ははおや》の携帯番号《けいたいばんごう》を押《お》す。

数秒後《すうびょうご》、受話器《じゅわき》から母親《ははおや》の声《こえ》が聞《き》こえてきた。

「んっ、あつ菜《な》なの？」

「ママっ、助《たす》けて！」

あつ菜《な》は受話器《じゅわき》にむかって叫《さけ》んだ。

「家《いえ》からでられないの！」

「家《いえ》から？」

「玄関《げんかん》も勝手口《かってぐち》のドアも開《あ》かなくて。窓《まど》からもでられないんだよ！」

「そんなわけないでしょ。また、ふざけてるのね」

母親《ははおや》のため息《いき》が聞《き》こえた。

「そうそう。さっき、親戚《しんせき》のおばさんに電話《でんわ》したのよ。あんたが冷蔵庫《れいぞうこ》のこと、気《き》にしてたから」

「えっ？　おばさん、なんて言《い》ってた？」

「あの冷蔵庫《れいぞうこ》、おばさんも知《し》りあいから、ゆずってもらったんだって」

「おばさんも………」

「で、そこでも子供《こども》がいなくなったらしくて………」

暑《あつ》さのせいか、頭《あたま》がぼーっとして、だんだん母親《ははおや》の声《こえ》が聞《き》こえなくなる。受話器《じゅわき》をにぎる手《て》が汗《あせ》でぬれ、ぽたぽたと床《ゆか》に落《お》ちた。

(暑《あつ》い………)

あつ菜《な》は受話器《じゅわき》を落《お》として、ふらふらとキッチンにむかう。数《すう》メートル先《さき》に白《しろ》い冷蔵庫《れいぞうこ》が見《み》えた。

「あ………」

冷蔵庫《れいぞうこ》の中《なか》の冷《つめ》たい空気《くうき》を思《おも》いだす。

(そうだ。冷蔵庫《れいぞうこ》で、いつもみたいに涼《すず》めば………)

ぐらぐらと頭《あたま》をゆらしながら、あつ菜《な》は冷蔵庫《れいぞうこ》に近《ちか》づく。

(でも、開《あ》けたら、また、変《へん》なことが起《お》こるかもしれない)

「開《あ》けたら………ダメ………」

わかっているはずなのに、あつ菜《な》の手《て》は冷蔵庫《れいぞうこ》の取《と》っ手《て》に伸《の》びる。

(ダメなのに………)

自分《じぶん》の意思《いし》に関係《かんけい》なく、あつ菜《な》は冷蔵庫《れいぞうこ》のドアを開《あ》けた。

「あ………」

冷蔵庫《れいぞうこ》の内装《ないそう》は真《ま》っ白《しろ》だった。シミはどこにも見《み》あたらない。

「な、何《なに》もない………」

恐怖《きょうふ》と暑《あつ》さでゆがんでいたあつ菜《な》の顔《かお》が、一瞬《いっしゅん》でぱっと明《あか》るくなった。

「やったーっ！」

あつ菜《な》は小躍《こおど》りしながら上半身《じょうはんしん》を冷蔵庫《れいぞうこ》の中《なか》に入《い》れた。冷《つめ》たい空気《くうき》があつ菜《な》の体《からだ》を包《つつ》んだ。全身《ぜんしん》の汗《あせ》が一気《いっき》にひいていく。

「ああ、ごくらくだぁー」

大《おお》きく口《くち》を開《あ》けて、冷《ひ》えた空気《くうき》をすいこむ。

(なーんだ。いままでのことって、私《わたし》のかんちがいだったのか。あの目《め》もまぼろしだったんだ)

視線《しせん》を動《うご》かすと、炭酸《たんさん》の入《はい》ったジュースが目《め》に入《はい》った。

(そうだ。体《からだ》が冷《ひ》えたら、ジュースを飲《の》もう。そして、アイスも食《た》べて………)

「ただいまーっ！」

母親《ははおや》の声《こえ》が聞《き》こえてきた。どうやら、買《か》い物《もの》から戻《もど》ってきたようだ。

(あ、ママが帰《かえ》ってきた。こんな姿《すがた》を見《み》られたら、また怒《おこ》られちゃうな)

「もう、でないと………」

その時《とき》、あつ菜《な》の視界《しかい》が真《ま》っ暗《くら》になった。

「あれ………？」

あつ菜《な》はあわてて周囲《しゅうい》を見《み》まわす。しかし、どの方向《ほうこう》に顔《かお》をむけても、何《なに》も見《み》えない。

「何《なに》………これ？」

あつ菜《な》は右手《みぎて》を前《まえ》にだす。何《なに》かが手《て》のひらにあたった。

「これは……壁《かべ》………」

両手《りょうて》でぺたぺたと壁《かべ》にさわる。つるんとした感触《かんしょく》の壁《かべ》は、押《お》しても動《うご》く様子《ようす》はない。

あつ菜《な》は両手《りょうて》を左右《さゆう》に広《ひろ》げた。両手《りょうて》の指先《ゆびさき》が、また壁《かべ》にふれた。

「え………？」

あとずさりすると、背中《せなか》が壁《かべ》にあたる。

「………閉《と》じこめられた？」

（まさか、ここって、冷蔵庫《れいぞうこ》の中《なか》？）

「ウ……ウソっ！」

あつ菜《な》は目《め》の前《まえ》の壁《かべ》をこぶしでたたく。しかし、壁《かべ》は動《うご》くことも開《あ》くこともない。

「そんな……」

その時《とき》、右《みぎ》のほおに何《なに》かがふれた気《き》がした。人《ひと》の髪《かみ》の毛《け》のようなものが……。

「だっ、誰《だれ》っ？」

視線《しせん》を右手《みぎて》にむけると、血走《ちばし》った目《め》が自分《じぶん》を見《み》つめていた。

「ひ、ひっ！」

あつ菜《な》は反対側《はんたいがわ》に逃《に》げようとしたが、そっちにも自分《じぶん》を見《み》つめている二《ふた》つの目《め》があった。

目《め》は大《おお》きく開《ひら》かれていて、まるで眼球《がんきゅう》が宙《ちゅう》に浮《う》かんでいるように見《み》えた。

「あ……ああ……」

あつ菜《な》のもらした声《こえ》が闇《やみ》の中《なか》にこだました。

「ただいまーっ！」

母親《ははおや》はドアを開《あ》けて、玄関《げんかん》にあがった。

「あつ菜《な》ーっ！　帰《かえ》ったよー」

娘《むすめ》の名前《なまえ》を呼《よ》びながら、リビングにむかう。

けれど、リビングにあつ菜《な》の姿《すがた》はない。

「変《へん》ね。リビングにいると思《おも》ったのに」

母親《ははおや》は首《くび》をかしげて、キッチンに移動《いどう》する。

「あれ？　ここにもいない」

母親《ははおや》の表情《ひょうじょう》がくもった。

「どこにいるのかしら？　さっきは変《へん》な電話《でんわ》をかけてくるし」

「また、遊《あそ》びに行《い》ったんじゃないの」

青次《せいじ》が携帯《けいたい》ゲーム機《き》を操作《そうさ》しながら言《い》った。

「きっと、友《とも》だちの家《いえ》だよ。うちのエアコンは涼《すず》しくないって、いつも文句《もんく》言《い》ってるから」

「そうかも。ミドリちゃんか紀子《のりこ》ちゃんのところかな」

母親《ははおや》は肩《かた》をすくめて、ため息《いき》をついた。

「ママっ！　私《わたし》はここだよ！」

あつ菜《な》は大声《おおごえ》で母親《ははおや》を呼《よ》んだ。しかし、その声《こえ》は母親《ははおや》にも弟《おとうと》にも届《とど》かなかった。

「早《はや》く…………早《はや》くここからだしてっ！」

目《め》の前《まえ》にある壁《かべ》を何度《なんど》もたたく。

「どうして開《あ》かないの？　どうしてっ！」

「大丈夫《だいじょうぶ》」

耳元《みみもと》で女《おんな》の子《こ》の声《こえ》がした。

「この中《なか》にいれば、みんな幸《しあわ》せだよ」

今度《こんど》は反対側《はんたいがわ》から声《こえ》が聞《き》こえた。

「そう。あなたも私《わたし》たちの仲間《なかま》になるの」

背後《はいご》からも声《こえ》が聞《き》こえてきた。

暗《くら》さに目《め》が慣《な》れてくると、自分《じぶん》のまわりに三人《にん》の女《おんな》の子《こ》がいることに気《き》づいた。女《おんな》の子《こ》たちは全員《ぜんいん》やせていて、目《め》だけがぎらぎらと輝《かがや》いている。

「あ………」

あつ菜《な》は、彼女《かのじょ》たちが行方不明《ゆくえふめい》になった女《おんな》の子《こ》たちだと気《き》づいた。

そして、自分《じぶん》も冷蔵庫《れいぞうこ》に閉《と》じこめられてしまったことに………。

「ひ、ひっ！」

あつ菜《な》の顔《かお》が恐怖《きょうふ》にゆがんだ。

「いやっ、だして！　ここからだしてぇええええ！」

あつ菜《な》は叫《さけ》びつづける。

「ひひっ………ひひひっ」

女《おんな》の子《こ》たちの笑《わら》い声《ごえ》が耳元《みみもと》で聞《き》こえてきた。不気味《ぶきみ》な声《こえ》に全身《ぜんしん》の血《ち》が凍《こお》りつく。

「助《たす》けて！　助《たす》けて！　助《たす》けて………」

必死《ひっし》に助《たす》けを呼《よ》ぶが、あつ菜《な》を助《たす》けてくれる者《もの》は誰《だれ》もいなかった。

永遠《えいえん》に………。

エピローグ

七十七時間目《じかんめ》の授業《じゅぎょう》は、これで終《お》わりです。
暑《あつ》さが苦手《にがて》な少女《しょうじょ》。
少女《しょうじょ》は冷蔵庫《れいぞうこ》の中《なか》に頭《あたま》を入《い》れて、ごくらくな時間《じかん》をすごしていました。
夏《なつ》に冷《つめ》たい空気《くうき》を感《かん》じられるその場所《ばしょ》は、少女《しょうじょ》にとって最高《さいこう》の空間《くうかん》だったのです。
でも、少女《しょうじょ》の家《いえ》にあった冷蔵庫《れいぞうこ》はいわくつきだったようです。
その冷蔵庫《れいぞうこ》は、何人《なんにん》もの子供《こども》たちを中《なか》に閉《と》じこめていました。
そして、今回《こんかい》の少女《しょうじょ》も同《おな》じ運命《うんめい》をたどったのです。
今《いま》も少女《しょうじょ》は冷蔵庫《れいぞうこ》の中《なか》にいます。
それは、ある意味《いみ》では、求《もと》めていた場所《ばしょ》なのかもしれません。
なぜなら、そこは涼《すず》しくて、暑《あつ》さを感《かん》じることはないでしょうから。

さあ、皆《みな》さんも行《い》ってみますか？
少女《しょうじょ》たちが住《す》んでいるごくらくの国《くに》へ。
暑《あつ》さなど感《かん》じることがない世界《せかい》へ。
中《なか》にいる少女《しょうじょ》たちも歓迎《かんげい》してくれると思《おも》いますよ。

18時間目《じかんめ》

赤《あか》い妊《にん》婦《ぷ》

プロローグ

こんにちは。
恐怖《きょうふ》の授業《じゅぎょう》にようこそ!
では、早速《さっそく》始《はじ》めましょう。
皆《みな》さんは、バスや電車《でんしゃ》にのっている時《とき》、
席《せき》をゆずることがありますか?
お年寄《としよ》りや体《からだ》が不自由《ふじゆう》な人《ひと》。
体調《たいちょう》が悪《わる》く、つらそうな人《ひと》。
自分《じぶん》よりも幼《おさな》い子供《こども》。
そんな人《ひと》を見《み》かけたら、どうします?
…………なるほど。

席《せき》をゆずる、と答《こた》えた方《かた》が多《おお》そうですね。
それは、素晴《すば》らしいことです。
きっと、相手《あいて》も喜《よろこ》んでくれるでしょう。
でも、時《とき》には、そんな親切《しんせつ》から、恐《おそ》ろしい目《め》にあってしまうこともあるようです。
今回《こんかい》は、ちょっとした親切《しんせつ》から、悪夢《あくむ》のような出来事《できごと》に巻《ま》きこまれた少女《しょうじょ》のお話《はなし》です。

「いいか、優《ゆう》」

父親《ちちおや》が、ランドセルを背負《せお》った浅川優《あさかわゆう》の顔《かお》をじっと見《み》つめた。

「もし、困《こま》っている人《ひと》がいたら、親切《しんせつ》にしてあげるんだぞ」

優《ゆう》は首《くび》をかしげて、父親《ちちおや》を見《み》あげる。

「親切《しんせつ》って何《なに》？」

「優《ゆう》は、まだ六歳《さい》だからよくわからないか」

父親《ちちおや》はにっこりと微笑《ほほえ》んだ。

「親切《しんせつ》っていうのはな、相手《あいて》の身《み》になって、何《なに》かをすることだよ」

「何《なに》をするの？」

「…………うーん。そうだなぁー」

父親《ちちおや》は少《すこ》し困《こま》った顔《かお》で考《かんが》えこむ。

「たとえば、優《ゆう》が電車《でんしゃ》にのっていてな、おじいちゃんやおばあちゃんが立《た》っていたら、席《せき》をゆずってあげるんだ」

「どうして、そんなことするの？」

「そうしたら、相手《あいて》は喜《よろこ》んでくれるだろ？」

「喜《よろこ》ぶ………」

「優《ゆう》だって、いろんな人《ひと》に親切《しんせつ》にされたことあるだろ。近所《きんじょ》のおばさんにお菓子《かし》もらったり、いっぱい歩《ある》いて疲《つか》れた時《とき》に親戚《しんせき》のおじさんにおんぶしてもらったり。そんな時《とき》、どう思《おも》った？」

「うれしかった」

「それなら、優《ゆう》も同《おな》じように、親切《しんせつ》にしてあげるんだ。どんな人《ひと》にもな」

「うんっ！　わかった」

優《ゆう》は元気《げんき》よく返事《へんじ》をした。

「ちゃんと親切《しんせつ》にする！」

「ははっ、優《ゆう》は本当《ほんとう》にいい子《こ》だな」

そう言《い》って、父親《ちちおや》は優《ゆう》の頭《あたま》をなでた。


八年後《ねんご》、優《ゆう》は十四歳《さい》になっていた。髪《かみ》は小学生《しょうがくせい》のころと変《か》わらないショートだったが、背《せ》はすらりと伸《の》び、目《め》はぱっちりと大《おお》きくなった。

朝《あさ》の通学《つうがく》バスの中《なか》で、同《おな》じ二年《ねん》A組《エーぐみ》の秋恵《あきえ》とおしゃべりをしていると、杖《つえ》を持《も》ったおばあさんが立《た》っていることに気《き》づいた。髪《かみ》の毛《け》は真《ま》っ白《しろ》で少《すこ》し腰《こし》が曲《ま》がっている。

優《ゆう》は座席《ざせき》から立《た》ちあがり、おばあさんに近《ちか》づいた。

「あのー、よかったら、どうぞ」

そう言《い》って、自分《じぶん》が座《すわ》っていた席《せき》に案内《あんない》する。

おばあさんは席《せき》に座《すわ》ると、優《ゆう》に頭《あたま》をさげた。

「お嬢《じょう》さん、ありがとう」

「いえ、次《つぎ》で降《お》りるので、気《き》にしないでください」

そう言《い》って、優《ゆう》はにっこりと笑《わら》った。

バスを降《お》りると、秋恵《あきえ》が優《ゆう》の肩《かた》をたたいた。

「さすが優《ゆう》だねぇー」

「んっ？　さすがって？」

「さっき、おばあさんに席《せき》ゆずったじゃん。ほんとえらいよ」

「あーっ、あれぐらいたいしたことないって」

そう言《い》って、優《ゆう》は中学校《ちゅうがっこう》の校門《こうもん》を通《とお》り抜《ぬ》ける。

「昔《むかし》から、パパに言《い》われてたからさ」

「パパ？」

「うん。小学《しょうがく》一年生《ねんせい》のころだったかなー。『困《こま》っている人《ひと》がいたら、親切《しんせつ》にしてあげるんだぞ』って言《い》われて」

「それで、優《ゆう》はいつも人《ひと》に優《やさ》しいのかぁ。あ、よく考《かんが》えたら、優《ゆう》の名前《なまえ》も優《やさ》しいの優《ゆう》だね」

「パパがつけてくれた名前《なまえ》なんだ。人《ひと》に優《やさ》しくできるような女《おんな》の子《こ》になるようにって」

「なるほど。優《ゆう》のパパって、立派《りっぱ》な人《ひと》なんだね」

となりを歩《ある》きながら、秋恵《あきえ》がふっと息《いき》をはく。

「それに優《ゆう》もすごいよ。その教《おし》えを守《まも》って、人《ひと》に親切《しんせつ》にしてるんだから」

「そんなことないって。ふつうのことだと思《おも》うし。それに……………」

「それに、何《なに》？」

「親切《しんせつ》にした人《ひと》の笑顔《えがお》を見《み》るのが、うれしいんだ。心《こころ》が温《あたた》かくなる感《かん》じがして」

さっき、座席《ざせき》をゆずったおばあさんの笑顔《えがお》を思《おも》いだして、優《ゆう》の顔《かお》がほころぶ。

「ふーん、でも、人《ひと》に親切《しんせつ》にするって勇気《ゆうき》もいるよね」

「勇気《ゆうき》？」

「だってさー、いろいろ考《かんが》えちゃうじゃん。席《せき》をゆずる時《とき》も、相手《あいて》から『いいです』ってことわられたらどうしようとか」

「そんなに気《き》にすることかな？」

「気《き》にするって。きっと、そんな人《ひと》も多《おお》いと思《おも》うよ。だから優《ゆう》はすごいんだよ」

秋恵《あきえ》はじっと優《ゆう》を見《み》つめる。

「バスでもよく席《せき》をゆずってるし、重《おも》そうな荷物《にもつ》持《も》ってる人《ひと》がいたら、手伝《てつだ》いに行《い》くしさー。でも、不満《ふまん》なこともあるんだよね」

「えっ？　私《わたし》に不満《ふまん》？」

「友《とも》だちの私《わたし》には、親切《しんせつ》にしてくれてない気《き》がして」

「そうかな？」

「私《わたし》の彼氏《かれし》づくりに協力《きょうりょく》してくれないし」

「それは無理《むり》だって。私《わたし》だっていないのに。彼氏《かれし》は自分《じぶん》で見《み》つけてよ」

「あはは っ！　やっぱりそっかー」

その時《とき》、予鈴《よれい》が鳴《な》った。

ふたりはあわてて、教室《きょうしつ》にむかった。


授業《じゅぎょう》が終《お》わり、優《ゆう》と秋恵《あきえ》は帰《かえ》りのバスにのった。バスは買《か》い物《もの》帰《がえ》りの主婦《しゅふ》の姿《すがた》が多《おお》く、座席《ざせき》のほとんどが埋《う》まっていた。

あいていた席《せき》を見《み》つけて座《すわ》ると、となりの秋恵《あきえ》が声《こえ》をかけてくる。

「今日《きょう》のマラソンきつかったぁー」

「うん。グラウンド五周《しゅう》だったもんね」

優《ゆう》は自分《じぶん》の足《あし》にふれた。

「もう、足《あし》ががくがくだよ」

「運動部《うんどうぶ》の人《ひと》たちは余裕《よゆう》だったみたいだけどねー」

「陸上部《りくじょうぶ》のアイさんが一番《ばん》だっけ？」

「うん。アイなら、男子《だんし》にだって勝《か》てるよ」

「かもね。すごく速《はや》かったから」

その時《とき》、優《ゆう》はバスの前《まえ》のほうに、髪《かみ》の長《なが》い女《おんな》の人《ひと》が吊《つ》り革《かわ》につかまっていることに気《き》づいた。

女《おんな》の人《ひと》の横顔《よこがお》は青白《あおじろ》く、色《いろ》あせた赤《あか》いカーディガンに古《ふる》いワンピースを着《き》ていて、おなかのあたりがふくらんでいた。

(あの人《ひと》…………妊婦《にんぷ》さんみたいだ)

優《ゆう》は座席《ざせき》から立《た》ちあがって、妊婦《にんぷ》に声《こえ》をかけた。

「あの、よかったらどうぞ」

「…………」

妊婦《にんぷ》は優《ゆう》の声《こえ》に反応《はんのう》しなかった。視線《しせん》を窓《まど》にむけたまま、動《うご》こうとしない。

(あれ？　聞《き》こえなかったのかな？)

「座《すわ》りませんか？」

さっきより、少し大《すこ》きな声《こえ》で言《い》ってみるが、やはり妊婦《にんぷ》は銅像《どうぞう》のように動《うご》かない。

(座《すわ》らなくても大丈夫《だいじょうぶ》なのかな…………)

首《くび》をかしげながら、座席《ざせき》に座《すわ》りなおす。

となりを見《み》ると、秋恵《あきえ》がスマートフォンをいじっていた。

(調子悪《ちょうしわる》そうなら、もう一度《いちど》、あの人《ひと》に声《こえ》かけてみよう)

そう考《かんが》えながら、優《ゆう》は視線《しせん》を妊婦《にんぷ》に戻《もど》した。


バスから降《お》りると、周囲《しゅうい》の街並《まちな》みがオレンジ色《いろ》に変化《へんか》していた。

優《ゆう》と秋恵《あきえ》は歩行者用《ほこうしゃよう》の道路《どうろ》を並《なら》んで歩《ある》きだす。

「…………さっきの妊婦《にんぷ》さん、大丈夫《だいじょうぶ》かな」

「えっ？　妊婦《にんぷ》さんって？」

秋恵《あきえ》がぱちぱちとまばたきする。

「バスの前《まえ》のほうに立《た》ってたんだよ。赤《あか》いカーディガン着《き》てて、髪《かみ》の長《なが》い」

「そんな人《ひと》いなかったと思《おも》うよ」

「ええっ？　いたよ。私声《わたしこえ》かけたもん」

優《ゆう》は驚《おどろ》いた顔《かお》で秋恵《あきえ》を見《み》る。

「私《わたし》が立《た》ったの気《き》づかなかった？」

「スマホ見《み》てたからなぁ。お母《かあ》さんからメールが来《き》ててさ」

秋恵《あきえ》は手《て》に持《も》っていたスマートフォンを軽《かる》くふる。

「今夜《こんや》はカレーなんだけど、ルーを買《か》い忘《わす》れたから買《か》ってきてって。というわけで、近《ちか》くのスーパーまでつきあってよ」

「……………う、うん」

優《ゆう》は首《くび》をかしげながら、秋恵《あきえ》といっしょにスーパーにむかった。

次《つぎ》の日《ひ》の朝《あさ》、秋恵《あきえ》といっしょに二年《ねん》A《エー》組《ぐみ》の教室《きょうしつ》に入《はい》ると、陸上部《りくじょうぶ》のアイが優《ゆう》にかけ寄《よ》ってきた。

「大《だい》ニュースだよ！　また、でたって！」

「でたって何《なに》が？」

「妊婦《にんぷ》のユーレイだよ」

その言葉《ことば》に、優《ゆう》の顔《かお》が強張《こわば》った。

「に…………妊婦《にんぷ》？」

「うん。妊婦《にんぷ》のユーレイの話《はなし》、知《し》ってるでしょ？」

「ううん。知《し》らないけど」

優《ゆう》は首《くび》を左右《さゆう》に振《ふ》る。

「えーっ、有名《ゆうめい》な話《はなし》なのに」

「どんな話《はなし》なの？」

「うちらが生《う》まれる前《まえ》の話《はなし》なんだけど、朝《あさ》の満員《まんいん》バスでさ、ゆれた拍子《ひょうし》にサラリーマンが妊婦《にんぷ》のおなかを押《お》しちゃったんだよ。それで体《からだ》が弱《よわ》かった妊婦《にんぷ》は流産《りゅうざん》したんだって」

「おなかの中《なか》の赤《あか》ちゃんが死《し》んじゃったってこと？」

「うん。それで妊婦《にんぷ》さんも体壊《からだこわ》して、死《し》んじゃってさ。それからなんだよ。バスに妊婦《にんぷ》のユーレイが現《あらわ》れるようになったのは」

アイの声《こえ》が低《ひく》くなった。

「妊婦《にんぷ》のユーレイは自分《じぶん》の赤《あか》ちゃんを殺《ころ》したサラリーマンをさがしてるんだよ。いろんなバスにのってさ。『こいつじゃない』『こいつでもない』って言《い》いながら」

「……………」

優《ゆう》の顔《かお》から血《ち》の気《け》がひいた。昨日《きのう》のバスでの出来事《できごと》を思《おも》いだす。

（まさか……あの妊婦《にんぷ》さんが………）

「ちょっと、やめてよぉー」

となりにいた秋恵《あきえ》が体《からだ》を震《ふる》わせる。

「私《わたし》と優《ゆう》はバス通学《つうがく》なんだから。そんな話聞《はなしき》いたら、もうのれなくなるじゃん」

「いやぁ、部活《ぶかつ》の先《せん》パイが昨日見《きのうみ》たって言《い》っててさ。みんなにも教《おし》えてあげようと思《おも》って」

「先《せん》パイってことは、私《わたし》たちの中学校《ちゅうがっこう》の近《ちか》くを走《はし》ってるバスってことでしょ？」

「うん。秋恵《あきえ》たちがいつものってる路線《ろせん》だよ」

「あぁーっ、やっぱり聞《き》きたくなかった」

秋恵《あきえ》は両手《りょうて》で耳《みみ》をふさいで、首《くび》を左右《さゆう》に振《ふ》る。

「私《わたし》、ホラー系《けい》の話《はなし》、苦手《にがて》なんだよ」

「大丈夫《だいじょうぶ》だって。ユーレイがさがしているのはサラリーマンなんだから」

「そうかもしれないけどさー」

ぷっとほおをふくらませて、秋恵《あきえ》は優《ゆう》の腕《うで》にふれる。

「優《ゆう》だって、怖《こわ》いよね」

「…………う、うん」

優《ゆう》は強張《こわば》った顔《かお》をして、首《くび》をたてに振《ふ》った。

「でも、その話《はなし》が本当《ほんとう》だったら、女《おんな》の人《ひと》が怒《おこ》るのは理解《りかい》できるよ」

「まあねぇ。自分《じぶん》と赤《あか》ちゃんが殺《ころ》されたようなものだからなぁ。そのサラリーマンは、何《なに》されても仕方《しかた》ないかも」

「…………うん」

優《ゆう》は唇《くちびる》を強《つよ》く結《むす》んだ。

その時《とき》、教室《きょうしつ》の扉《とびら》が開《ひら》いて、担任《たんにん》の川原先生《かわはらせんせい》が入《はい》ってきた。川原先生《かわはらせんせい》は四十代《だい》の男《おとこ》の人《ひと》で、がっちりとした体格《たいかく》をしていた。

「朝《あさ》の会《かい》を始《はじ》めるぞ。さっさと席《せき》に着《つ》けーっ！」

野太《のぶと》い声《こえ》が教室《きょうしつ》にひびく。

優《ゆう》たちはあわてて自分《じぶん》の席《せき》にむかった。


六時間目《じかんめ》の授業《じゅぎょう》が終《お》わると、優《ゆう》の席《せき》に秋恵《あきえ》がやってきた。

「優《ゆう》、今日《きょう》は先《さき》に帰《かえ》ってて」

「ん？　どうしたの？」

「これから、文芸部《ぶんげいぶ》の部室《ぶしつ》の掃除《そうじ》をやらないといけないんだよ」

そう言《い》って、秋恵《あきえ》はため息《いき》をつく。

「だいぶ汚《よご》れてて、時間《じかん》かかりそうだからさ」

「大変《たいへん》そうだね。手伝《てつだ》おうか？」

「いや、いいよ。一年《ねん》の部員《ぶいん》にもやらせるから」

「そっか。じゃあ、がんばってね」

優《ゆう》は部室棟《ぶしつとう》にむかう秋恵《あきえ》に、笑顔《えがお》で手《て》を振《ふ》った。


校門《こうもん》をでると、優《ゆう》は数十《すうじゅう》メートル先《さき》にあるバス停《てい》にむかった。

バス停《てい》では、数人《すうにん》の生徒《せいと》と主婦《しゅふ》がバスを待《ま》っていた。

数分後《すうふんご》、優《ゆう》の前《まえ》にバスが停《と》まった。ガタンと音《おと》がして扉《とびら》が開《ひら》く。

バスにのると、後方《こうほう》の座席《ざせき》があいていて、優《ゆう》はそこに座《すわ》った。

「発車《はっしゃ》しまーす」

運転手《うんてんしゅ》の声《こえ》がして、バスがゆっくりと動《うご》きだした。十字路《じゅうじろ》を左《ひだり》に曲《ま》がり、四車線《しゃせん》の道路《どうろ》を進《すす》んでいく。

優《ゆう》はカバンからスマートフォンをとりだして、メールアプリのメッセージを確認《かくにん》した。

父親《ちちおや》の書《か》きこみが液晶画面《えきしょうがめん》に表示《ひょうじ》されている。

『今日《きょう》は残業《ざんぎょう》がないから、早《はや》く帰《かえ》るぞ。母《かあ》さんといっしょに飯《めし》でも食《く》いに行《い》こう』

（外《そと》でごはんか。久《ひさ》しぶりだなー）

優《ゆう》はほおをゆるめて、メッセージを打《う》ちこむ。

『私《わたし》、お寿司《すし》が食《た》べたいな』

送信《そうしん》ボタンを押《お》して顔《かお》をあげると、昨日見《きのうみ》た妊婦《にんぷ》が運転席《うんてんせき》の近《ちか》くに立《た》っていることに気《き》づいた。

「あ………」

妊婦《にんぷ》は昨日《きのう》と同《おな》じ服《ふく》を着《き》ていて、まるで、おじぎをするように腰《こし》を折《お》っている。

（昨日《きのう》の妊婦《にんぷ》さんだ。病院《びょういん》にでも通《かよ》ってるのかな？）

妊婦《にんぷ》は自分《じぶん》の前《まえ》に座《すわ》っている主婦《しゅふ》の顔《かお》をのぞきこんでいた。

（どうしたんだろう？　あんなに顔《かお》を近《ちか》づけて………）

顔《かお》をのぞきこまれている主婦《しゅふ》は、目《め》の前《まえ》にいる妊婦《にんぷ》に気《き》づかないのか、スマートフォンを操作《そうさ》している。

すると、妊婦《にんぷ》はゆっくりとバスの中《なか》を歩《ある》きだした。青白《あおじろ》い唇《くちびる》を動《うご》かしながら、今度《こんど》はサラリーマンの顔《かお》をのぞく。

「………こいつじゃない」

地《ち》の底《そこ》からひびくような声《こえ》が、優《ゆう》の耳《みみ》に届《とど》いた。

(どうなってるの？　あの妊婦《にんぷ》さんも変《へん》だし、他《ほか》の人《ひと》も変《へん》だ。まるで、妊婦《にんぷ》さんが見《み》えていないみたい)

妊婦《にんぷ》は、乗客《じょうきゃく》の顔《かお》をひとりずつ確認《かくにん》しているようだ。

「あ………」

優《ゆう》はクラスメイトのアイが話《はな》していた妊婦《にんぷ》のユーレイの話《はなし》を思《おも》いだした。

『妊婦《にんぷ》のユーレイは自分《じぶん》の赤《あか》ちゃんを殺《ころ》したサラリーマンをさがしてるんだよ。いろんなバスにのってさ。「こいつじゃない」「こいつでもない」って言《い》いながら』

(まさか、この妊婦《にんぷ》さんが………)

優《ゆう》のノドが波《なみ》のように動《うご》く。

妊婦《にんぷ》は長《なが》い髪《かみ》の毛《け》をゆらして、優《ゆう》に近《ちか》づいてきた。顔《かお》は髪《かみ》でかくれていて、ほとんど見《み》えていなかったが、妊婦《にんぷ》が自分《じぶん》を見《み》ている気《き》がする。

(なんか気持《きも》ち悪《わる》い)

優《ゆう》の手《て》が反射的《はんしゃてき》に動《うご》き、降車《こうしゃ》ボタンを押《お》した。

バスのスピードが落《お》ちて、公園《こうえん》の前《まえ》に停車《ていしゃ》する。

優《ゆう》は妊婦《にんぷ》の横《よこ》をすり抜《ぬ》けて、バスから降《お》りた。

「は、はぁ……………」

とめていた息《いき》を一気《いっき》にはきだして、胸元《むなもと》に手《て》でふれる。速《はや》くなった心臓《しんぞう》の動《うご》きが、手《て》のひらに伝《つた》わってくる。

「なんだったの？　今《いま》の…………」

乗客《じょうきゃく》の顔《かお》を確認《かくにん》している妊婦《にんぷ》の行動《こうどう》を思《おも》いだして、優《ゆう》の体《からだ》がかすかに震《ふる》えた。

いつの間《ま》にか、あたりは暗《くら》くなっている。冷《つめ》たい風《かぜ》が吹《ふ》き、公園《こうえん》の木々《きぎ》がざわざわと音《おと》をたてた。

（いつものバス停《てい》より一《ひと》つ前《まえ》で降《お》りちゃった。早《はや》く帰《かえ》らないと）

優《ゆう》は家《いえ》にむかって、走《はし》りだした。

玄関《げんかん》のドアを開《あ》けると、スーツ姿《すがた》の父親《ちちおや》がいた。父親《ちちおや》は背《せ》が高《たか》く、大《おお》きめのメガネをかけている。

「おっ、やっと帰《かえ》ってきたな」

父親《ちちおや》は口元《くちもと》をほころばせて、優《ゆう》の頭《あたま》をなでる。

「じゃあ、寿司屋《すしや》に行《い》くか。母《かあ》さんも寿司《すし》でいいって言《い》ってたからな」

「…………う、うん」

「んっ？　どうした？　顔色《かおいろ》が悪《わる》いぞ？」

父親《ちちおや》が心配《しんぱい》そうに優《ゆう》の顔《かお》をのぞきこんだ。

「もしかして、体調《たいちょう》悪《わる》いのか？」

「う、ううん。大丈夫《だいじょうぶ》」

優《ゆう》はぎこちなく笑《わら》った。

「まちがって一《ひと》つ前《まえ》のバス停《てい》で降《お》りちゃったから、走《はし》って帰《かえ》ってきたんだよ」

「ははっ、優《ゆう》にしてはめずらしいミスだな」

「ちょっと、バスの中《なか》でいろいろあって…………」

「なんだ。おまえもか」

「パパも何《なに》かあったの？」

「たいしたことじゃないよ。車《くるま》イスのおばあさんがバスにのろうとしてな。それを手伝《てつだ》ったんだ」

その時《とき》のことを思《おも》いだしているのか、父親《ちちおや》の表情《ひょうじょう》がくもった。

「自分《じぶん》が降《お》りるバス停《てい》のほうが先《さき》だったから、ちょっと気《き》になってるんだ。運転手《うんてんしゅ》さんだけじゃ、大変《たいへん》だからな。親切《しんせつ》な人《ひと》がいればいいんだが」

（やっぱり、パパは優《やさ》しいな。いつも、困《こま》っている人《ひと》がいたら助《たす》けようとするし）

優《ゆう》は尊敬《そんけい》する目《め》で父親《ちちおや》を見《み》あげた。

「ごめんね、遅《おそ》くなって」

支度《したく》を終《お》えた母親《ははおや》が玄関《げんかん》にやってきた。

「優《ゆう》も早《はや》く着替《きが》えてきたら」

「う、うん」

優《ゆう》はあわてて自分《じぶん》の部屋《へや》にむかった。

（もう、さっきのことは忘《わす》れよう。せっかくおいしいお寿司《すし》を食《た》べるんだし、変《へん》なことは

考《かんが》えないほうがいい）

次《つぎ》の日《ひ》の朝《あさ》、優《ゆう》はいつもより早《はや》く家《いえ》をでた。住宅街《じゅうたくがい》を数十分《すうじゅっぷん》歩《ある》き、いつもとちがうバス停《てい》で足《あし》をとめた。

（この路線《ろせん》で学校《がっこう》に行《い》けば、あの妊婦《にんぷ》さんには会《あ》わないはずだ）

優《ゆう》はスマートフォンをとりだして、秋恵《あきえ》に電話《でんわ》をかける。

数回《すうかい》の呼《よ》びだし音《おん》のあと、秋恵《あきえ》の声《こえ》が受話口《じゅわぐち》から聞《き》こえてきた。

「おはよーっ！　朝《あさ》からどうしたの？」

「ごめん。今日《きょう》は早《はや》く学校《がっこう》に行《い》くことにしたから、いっしょのバスにのれないんだ」

「えっ？　どうして？」

「ちょっといろいろあってさ。と、バスが来《き》たから切《き》るね」

優《ゆう》は電話《でんわ》を切《き》って、スマートフォンをカバンの中《なか》に入《い》れる。

バスがゆっくりと優《ゆう》の前《まえ》で停《と》まった。ガタンと音《おと》がして扉《とびら》が開《ひら》く。

バスにのりこんだ瞬間《しゅんかん》、優《ゆう》の顔《かお》が強張《こわば》った。

前方《ぜんぽう》に、吊《つ》り革《かわ》につかまっている妊婦《にんぷ》の姿《すがた》を見《み》つけたのだ。妊婦《にんぷ》は昨日《きのう》、一昨日《おととい》と同《おな》じ服《ふく》を着《き》ていて、長《なが》い髪《かみ》の毛《け》を胸《むね》の前《まえ》にたらしている。

「すっ、すみません。降《お》ります！」

優《ゆう》はあわててバスから降《お》りた。

バスの扉《とびら》が閉《し》まり、ゆっくりと動《うご》きだした。バスの窓《まど》から妊婦《にんぷ》の青白《あおじろ》い横顔《よこがお》が見《み》える。

（どうして、あの妊婦《にんぷ》さんがこのバスにのってるの？　路線《ろせん》がちがうはずなのに）

優《ゆう》は体《からだ》を震《ふる》わせて、走《はし》っていくバスをながめる。

（…………しょうがない。次《つぎ》のバスにのろう。まだ、時間《じかん》はあるから）

十分後《ぷんご》、次《つぎ》のバスが優《ゆう》の前《まえ》に停《と》まった。扉《とびら》が音《おと》をたてて開《ひら》く。

バスの中《なか》には、さっきの妊婦《にんぷ》が立《た》っていた。

「あ…………」

優《ゆう》の顔《かお》が蒼白《そうはく》になる。

「ど、どうして？」

優《ゆう》はゆっくりとあとずさりして、バスからはなれた。

扉《とびら》が閉《し》まり、バスが動《うご》きだした。

「どういうこと？　あの妊婦《にんぷ》さん、一本前《いっぽんまえ》のバスにのっていたのに………」

（別人《べつじん》………じゃない。服《ふく》も同《おな》じだったし）

「まさか、本当《ほんとう》にユーレイ………」

ぞくりと背筋《せすじ》が寒《さむ》くなった。

（ダメだ。バスにはのれない）

優《ゆう》は青白《あおじろ》い顔《かお》で歩《ある》きだした。


教室《きょうしつ》に入《はい》ると、すぐに秋恵《あきえ》がかけ寄《よ》ってきた。

「どうしたの？　もうすぐ三時間目《じかんめ》だよ。ちょー遅刻《ちこく》じゃん」

「………ちょっと、バスにのれなくて」

優《ゆう》は額《ひたい》に浮《う》かんだ汗《あせ》をふいて、自分《じぶん》の机《つくえ》の上《うえ》にカバンをおいた。

「バスにのれないって、どういうこと？」

秋恵《あきえ》がふしぎそうな顔《かお》をする。

「もしかして、体調《たいちょう》悪《わる》くて、酔《よ》っちゃいそうだったとか？」

「そうじゃないの」

優《ゆう》は首《くび》を左右《さゆう》に振《ふ》る。

「じつは……」

その時《とき》、窓《まど》の外《そと》に赤《あか》いものが見《み》えた。視線《しせん》を動《うご》かすと、赤《あか》いカーディガンを着《き》た妊婦《にんぷ》が、優《ゆう》がいる教室《きょうしつ》を見《み》あげていた。

「ひ、ひっ！」

優《ゆう》は悲鳴《ひめい》をあげて、窓《まど》からはなれた。

（な、なんで学校《がっこう》に、あの妊婦《にんぷ》さんがいるの？　まさか、私《わたし》を追《お》って……）

「わ、私《わたし》、今日《きょう》はもう帰《かえ》るから」

「えっ？　今《いま》、来《き》たばかりなのに？」

秋恵《あきえ》の質問《しつもん》を無視《むし》して、優《ゆう》は教室《きょうしつ》を飛《と》びだした。ろうかで会話《かいわ》している生徒《せいと》たちの間《あいだ》をすり抜《ぬ》けて、学校《がっこう》の裏門《うらもん》からでる。

数百《すうひゃく》メートル走《はし》りつづけて、コンビニエンスストアの前《まえ》で足《あし》をとめた。荒《あら》い息《いき》を整《ととの》えながら、優《ゆう》は振《ふ》り返《かえ》る。

その目《め》が大《おお》きく開《ひら》かれた。

数十《すうじゅう》メートル先《さき》の歩道《ほどう》に、あの妊婦《にんぷ》の姿《すがた》があった。妊婦《にんぷ》はゆらゆらと体《からだ》をゆらしながら、優《ゆう》に近《ちか》づいてくる。

「な、なんでっ？」

優《ゆう》は顔《かお》をゆがめて走《はし》りだした。

（どうして、私《わたし》を追《お》いかけてくるの？　私《わたし》は赤《あか》ちゃんを殺《ころ》した犯人《はんにん》じゃないのに）

十字路《じゅうじろ》を曲《ま》がり、大通《おおどお》りをかけ抜《ぬ》ける。

体中《からだじゅう》から大量《たいりょう》の汗《あせ》が流《なが》れだし、手《て》のひらが汗《あせ》でにじむ。

数分間《すうふんかん》、全力《ぜんりょく》で走《はし》りつづけたあと、優《ゆう》はビルの前《まえ》で立《た》ちどまった。

（これだけ走《はし》れば……）

優《ゆう》は口《くち》で呼吸《こきゅう》をしながら、振《ふ》り返《かえ》る。

それでも、歩道《ほどう》を歩《ある》いている人《ひと》の中《なか》に妊婦《にんぷ》がいた。

「ウ、ウソ……」

かすれた声《こえ》が自分《じぶん》の口《くち》からもれる。

(どうして、引《ひ》きはなせないの？　妊婦《にんぷ》さんが速《はや》く走《はし》れるはずなんてないのに)

顔《かお》をゆがめて、優《ゆう》は走《はし》りだす。だが、疲《つか》れのせいか、鉛《なまり》の靴《くつ》をはいているかのように足《あし》が重《おも》く感《かん》じる。

(こうなったら、もうタクシーで家《いえ》に帰《かえ》るしかない)

優《ゆう》は駅前《えきまえ》のタクシー乗《の》り場《ば》にむかった。タクシー乗《の》り場《ば》には行列《ぎょうれつ》ができていた。その中《なか》に赤《あか》いカーディガンを着《き》た妊婦《にんぷ》がいるのを見《み》て、優《ゆう》の足《あし》がとまった。

「そんな……」

口《くち》を半開《はんびら》きにして、行列《ぎょうれつ》に並《なら》ぶ妊婦《にんぷ》を見《み》つめる。

すると、妊婦《にんぷ》は行列《ぎょうれつ》からはなれて、ゆっくりと優《ゆう》に近《ちか》づいてきた。からみあった長《なが》い髪《かみ》の毛《け》が生《い》き物《もの》のように動《うご》いている。

声《こえ》にならない悲鳴《ひめい》をあげて、優《ゆう》は逃《に》げだした。

「どうして……どうして……」

疑問《ぎもん》の言葉《ことば》を口《くち》にしながら、細《ほそ》い路地《ろじ》を曲《ま》がった。ビルの壁《かべ》に背中《せなか》をくっつけて、制服《せいふく》のポケットからスマートフォンをとりだす。

優《ゆう》は震《ふる》える指《ゆび》で父親《ちちおや》に電話《でんわ》をかけた。

すぐに、父親《ちちおや》の声《こえ》がスマートフォンから聞《き》こえてくる。

「優《ゆう》か。どうしたんだ？　まだ、授業中《じゅぎょうちゅう》だろ？」

「パパっ、助《たす》けて！」

優《ゆう》は叫《さけ》ぶように言《い》った。

「変《へん》な女《おんな》の人《ひと》に追《お》いかけられてるの」

「女《おんな》の人《ひと》？　何《なに》かされたのか？」

「ううん。でも、怖《こわ》くて……………」

妊婦《にんぷ》の姿《すがた》を思《おも》いだして、カチカチと歯《は》が鳴《な》る。

「優《ゆう》、落《お》ち着《つ》くんだ。その人《ひと》はおまえに助《たす》けを求《もと》めているだけかもしれないぞ」

「で、でも………」

「おまえは悪《わる》いことなんて、してないんだろ？」

「う………うん」

優《ゆう》はスマートフォンを片手《かたて》にうなずく。

「私《わたし》、何《なに》もしてないよ」

「とにかく、その人《ひと》が困《こま》っているのなら、親切《しんせつ》にしてあげるんだ。そうすれば、きっと大《だい》丈夫《じょうぶ》だから」

「パパ………ちがうの。あれは人間《にんげん》じゃなくて………」

「………んっ、声《こえ》が聞《き》こえないぞ」

「パパっ！　パパっ！」

「優《ゆう》………」

父親《ちちおや》の声《こえ》が突然《とつぜん》聞《き》こえなくなり、液晶画面《えきしょうがめん》が真《ま》っ暗《くら》になった。

「充電切《じゅうでんぎ》れ？　こんな時《とき》に………」

優《ゆう》はその場《ば》にしゃがみこんだ。

(どうすればいいの？　もう、私《わたし》、走《はし》れないよ)

涙《なみだ》で周囲《しゅうい》の景色《けしき》がぼやける。

「わけがわかんないよ。なんで私《わたし》がこんな目《め》にあうの？」

ぽたぽたと涙《なみだ》が制服《せいふく》のスカートに落《お》ちる。

「う……ううっ……」

優《ゆう》は涙《なみだ》をぬぐって、立《た》ちあがった。ビルの陰《かげ》から顔《かお》をだして、大通《おおどお》りを見《み》まわす。視界《しかい》に妊婦《にんぷ》の姿《すがた》はない。

優《ゆう》は周囲《しゅうい》を警戒《けいかい》しながら、大通《おおどお》りを歩《ある》きだした。

数十《すうじゅう》メートル先《さき》にバス停《てい》があり、そこにバスが停《と》まっていた。

(このバスにのれば、すぐに家《いえ》に帰《かえ》れる。でも、あの妊婦《にんぷ》さんがいたら……)

開《ひら》いた扉《とびら》に近《ちか》づき、乗客《じょうきゃく》を確認《かくにん》する。

「い……いない」

バスの中《なか》に、妊婦《にんぷ》はいなかった。

(今《いま》なら、バスで逃《に》げられるかもしれない)

優《ゆう》はバスにのって、横《よこ》むきの座席《ざせき》に座《すわ》った。扉《とびら》が閉《し》まり、バスがゆっくりと動《うご》きだす。

近《ちか》くにいたふたりの主婦《しゅふ》が楽《たの》しそうにおしゃべりをしている。その横《よこ》にいるスーツを着《き》た男《おとこ》の人《ひと》はスマートフォンを見《み》ていた。

よくある、バスの中《なか》の光景《こうけい》だ。

優《ゆう》は深《ふか》く息《いき》をはきだした。

（よかった。もう、大丈夫《だいじょうぶ》みたいだ）

ポケットに入《い》れていたハンカチをとりだして、汗《あせ》をふく。

（もしかして、あの妊婦《にんぷ》さんは幻覚《げんかく》だったのかもしれない。他《ほか》の人《ひと》には見《み》えていなかったみたいだし）

もう一度《いちど》、バスの乗客《じょうきゃく》を確認《かくにん》する。

やはり、妊婦《にんぷ》の姿《すがた》はない。

（もう、疲《つか》れちゃったよ…………）

優《ゆう》はがくりと頭《あたま》をさげて、まぶたをゆっくりと閉《と》じた。


ガタンとバスがゆれ、優《ゆう》は目《め》が覚《さ》めた。

（うっ……いつの間《ま》にか寝《ね》ちゃってた）

まぶたを開《ひら》いた瞬間《しゅんかん》、優《ゆう》の顔《かお》から血《ち》の気《け》がひいた。

目《め》の前《まえ》に赤《あか》いカーディガンを着《き》た妊婦《にんぷ》が立《た》っていたのだ。

妊婦《にんぷ》は長《なが》い髪《かみ》をたらして、ふくらんだおなかに手《て》をあてている。長《なが》い髪《かみ》で顔《かお》の半分《はんぶん》がかくれていて、顔《かお》がほとんど見《み》えない。

「あ……」

優《ゆう》の両足《りょうあし》がガタガタと震《ふる》えだした。助《たす》けを呼《よ》ぼうとしたが、いつの間《ま》にか、他《ほか》の乗客《じょうきゃく》はいなくなっている。

(幻覚《げんかく》なんかじゃない。やっぱり、この妊婦《にんぷ》さんは私《わたし》を追《お》いかけていたんだ。でも、どうして)

恐怖《きょうふ》に耐《た》えながら、優《ゆう》は青白《あおじろ》くなった唇《くちびる》を動《うご》かした。

「わっ、私《わたし》に何《なに》か用《よう》でもあるんですか?」

「……つけた」

妊婦《にんぷ》は暗《くら》い声《こえ》をだした。

「み……見《み》つけたっ……」

妊婦《にんぷ》の唇《くちびる》が、笑《え》みの形《かたち》に変化《へんか》した。

優《ゆう》の瞳《ひとみ》に、裂《さ》けるように広《ひろ》がった妊婦《にんぷ》の口元《くちもと》が映《うつ》る。

(もうイヤだ。どうして、私《わたし》がこんな目《め》にあうの。誰《だれ》か…………誰《だれ》か助《たす》けて)

妊婦《にんぷ》は、細《ほそ》くて真《ま》っ白《しろ》な手《て》を優《ゆう》に差《さ》しだした。

「ひっ!」

思《おも》わず、優《ゆう》は目《め》をつぶった。

妊婦《にんぷ》に殺《ころ》される自分《じぶん》の姿《すがた》を想像《そうぞう》して、全身《ぜんしん》の血《ち》が凍《こお》りつく。

(私《わたし》、ここで死《し》ぬんだ。妊婦《にんぷ》さんに殺《ころ》されて…………)

動《うご》く気配《けはい》のない妊婦《にんぷ》に、優《ゆう》はうすくまぶたを開《ひら》いた。

妊婦《にんぷ》の手《て》のひらには、小《ちい》さな袋《ふくろ》に入《はい》ったお菓子《かし》がのっていた。お菓子《かし》は幼児用《ようじよう》のビスケットで、袋《ふくろ》には子供《こども》の絵《え》が描《えが》かれている。

「え………?」

思《おも》わず、優《ゆう》はそのお菓子《かし》を受《う》けとる。

「これ………私《わたし》に?」

妊婦《にんぷ》は無言《むごん》で首《くび》をたてに振《ふ》る。

その時《とき》、バスが停《と》まり、扉《とびら》が開《ひら》いた。

妊婦《にんぷ》は上半身《じょうはんしん》をゆらしながら、バスを降《お》りていった。

「あ………」

優《ゆう》は、妊婦《にんぷ》に席《せき》をゆずろうとしたことを思《おも》いだした。

(もしかして、あの時《とき》のお礼《れい》?)

バスがゆっくりと動《うご》きだす。

窓《まど》から外《そと》を見《み》ると、妊婦《にんぷ》のうしろ姿《すがた》が見《み》えた。妊婦《にんぷ》はうつむいたまま、暗《くら》い歩道《ほどう》を歩《ある》いている。

(そうか。きっとそうだ。あの妊婦《にんぷ》さん、私《わたし》に親切《しんせつ》にされたことがうれしくて………)

「よかった………」

優《ゆう》は、自分《じぶん》に言《い》い聞《き》かせるように、深《ふか》く息《いき》をはきだした。

家《いえ》に帰《かえ》ると、母親《ははおや》がリビングのテーブルに夕食《ゆうしょく》を並《なら》べていた。

「あ、おかえり」

「ただいま」

優《ゆう》は疲《つか》れた顔《かお》でイスに座《すわ》る。

「ん？　どうしたの？　元気《げんき》ないわね」

「ちょっといろいろあって」

「いろいろって、何《なに》があったの？」

「……話《はな》すようなことじゃないよ。もう終《お》わったことだし」

優《ゆう》はコップに入《はい》っていた水《みず》を一気《いっき》に飲《の》みほす。

「そうだ。パパはまだ帰《かえ》ってないの？」

「電車《でんしゃ》が事故《じこ》で遅《おく》れてるみたい。だから、バスで帰《かえ》るって」

「そっか。早《はや》く帰《かえ》ってくればいいのに」

「何《なに》か用《よう》があるの？」

「ありがとうって言《い》いたくて」

そう言《い》って、優《ゆう》は胸元《むなもと》に手《て》をおく。

（やっぱり、パパが教《おし》えてくれたことは正《ただ》しかったんだ。これからも、困《こま》っている人《ひと》に親《しん》

切《せつ》にしよう）

優《ゆう》の父親《ちちおや》は会社《かいしゃ》の前《まえ》のバス停《てい》で、バスを待《ま》っていた。

すでにあたりは暗《くら》くなっていて、夜空《よぞら》に浮《う》かんだ月《つき》が、父親《ちちおや》の姿《すがた》を照《て》らしている。

父親《ちちおや》はスーツのポケットからスマートフォンをとりだした。液晶画面《えきしょうがめん》に人《ひと》さし指《ゆび》を押《お》しつけて、メールアプリをチェックした。

妻《つま》からメッセージが届《とど》いている。

『優《ゆう》があなたに話《はな》したいことがあるみたいよ』

父親《ちちおや》は首《くび》をかしげて、返事《へんじ》を書《か》きこむ。

『わかった。多分《たぶん》、四十分《ぷん》ぐらいで帰《かえ》れると思《おも》う』

送信《そうしん》すると同時《どうじ》に、バスがやってきた。扉《とびら》が開《ひら》き、バスにのりこむ。

バスの座席《ざせき》は、すべて埋《う》まっていて、数人《すうにん》の乗客《じょうきゃく》が立《た》っていた。

父親《ちちおや》は吊《つ》り革《かわ》に手《て》を伸《の》ばす。

「発車《はっしゃ》しまーす」

運転手《うんてんしゅ》の声《こえ》が聞《き》こえ、バスが動《うご》きはじめた。

数分後《すうふんご》、父親《ちちおや》はバスの前《まえ》のほうに、色《いろ》あせた赤《あか》いカーディガンを着《き》た女《おんな》が立《た》っていることに気《き》づいた。女《おんな》の顔《かお》は長《なが》い髪《かみ》にかくれて見《み》えない。

その女《おんな》がゆっくりと自分《じぶん》に近《ちか》づいてくる。

父親《ちちおや》の表情《ひょうじょう》がくもった。

(この女《おんな》……どこかで見《み》たような……)

やがて、女《おんな》は父親《ちちおや》の目《め》の前《まえ》に立《た》った。

「あっ……」

女《おんな》の腹部《ふくぶ》がふくらんでいることに気《き》づいて、父親《ちちおや》の両目《りょうめ》が大《おお》きく開《ひら》いた。

「おっ、おまえ……まさか、あの時《とき》の……」

「み……見《み》つけたぁー」

女《おんな》の唇《くちびる》が裂《さ》けるように広《ひろ》がった。

女《おんな》は手《て》に包丁《ほうちょう》を持《も》っていた。その包丁《ほうちょう》を振《ふ》りあげる。

「ま、待《ま》てっ！　俺《おれ》は心《こころ》を入《い》れかえて、今《いま》はふつうに暮《く》らして……」

女《おんな》は父親《ちちおや》の言葉《ことば》を無視《むし》して、その包丁《ほうちょう》を父親《ちちおや》の体《からだ》につき刺《さ》す。グシュリと音《おと》がして、父《ちち》親《おや》のシャツが赤《あか》く染《そ》まる。

「があっ…………」

父親《ちちおや》はその場《ば》に両《りょう》ひざをついた。

「そ、そんな…………」

父親《ちちおや》の意識《いしき》が遠《とお》のき、視界《しかい》が真《ま》っ白《しろ》になった。

エピローグ

七十八時間目《じかんめ》の授業《じゅぎょう》を終了《しゅうりょう》します。

いつも、困《こま》っている人《ひと》を助《たす》けていた少女《しょうじょ》。

少女《しょうじょ》はバスの中《なか》で妊婦《にんぷ》に席《せき》をゆずろうと声《こえ》をかけました。

それから、少女《しょうじょ》は妊婦《にんぷ》につきまとわれることになったのです。

どこにでも現《あらわ》れる妊婦《にんぷ》に、少女《しょうじょ》は恐怖《きょうふ》を感《かん》じました。

でも、妊婦《にんぷ》は親切《しんせつ》にしてくれた少女《しょうじょ》にお礼《れい》をしたかっただけだったのです。

これで、物語《ものがたり》はハッピーエンド………にはなりませんでしたね。

少女《しょうじょ》が生《う》まれる前《まえ》に起《お》こった悲惨《ひさん》な事故《じこ》の犯人《はんにん》は、少女《しょうじょ》の父親《ちちおや》だったのです。

父親《ちちおや》は心《こころ》を入《い》れかえて、人《ひと》に親切《しんせつ》にしていたようですが、犠牲者《ぎせいしゃ》の妊婦《にんぷ》にとっては関係《かんけい》なかったのでしょう。

父親《ちちおや》は妊婦《にんぷ》に殺《ころ》されてしまいました。
ふだん優《やさ》しい人《ひと》でも、過去《かこ》に何《なに》をしたかなんてわからないものですね。
皆《みな》さんも、後悔《こうかい》しない生《い》き方《かた》をしてください。
それでは、次回《じかい》の絶叫学級《ぜっきょうがっきゅう》でお会《あ》いしましょう！

あとがき

こんにちは。今回《こんかい》のあとがきでは、私《わたし》の怖《こわ》い失敗《しっぱい》の話《はなし》をしましょう！

私《わたし》は趣味《しゅみ》で絵《え》を描《か》いています。

漫画《まんが》のキャラクターや動物《どうぶつ》の絵《え》を描《か》くのが好《す》きなんです。

でも、描《か》いた絵《え》はすごく下手《へた》で、人《ひと》に見《み》せられるようなものではありません。一度《ど》、絶《ぜっ》叫学級《きょうがっきゅう》の黄泉《よみ》を描《か》いてみましたが、特徴《とくちょう》のない女《おんな》の子《こ》の絵《え》になってしまいました……。

それでも、絵《え》を描《か》くのは楽《たの》しいんですよね。

ある日《ひ》の午後《ごご》、私《わたし》は近所《きんじょ》で見《み》かけた茶《ちゃ》トラの猫《ねこ》の絵《え》を描《か》いていました。えんぴつで下描《したが》きをして、茶色《ちゃいろ》の水彩絵《すいさいえ》の具《ぐ》で色《いろ》を塗《ぬ》りました。

一時間後《じかんご》、絵《え》は完成《かんせい》しました。

おやつのシュークリームを食《た》べながら、私《わたし》は満足《まんぞく》げにうなずきました。

（あんまりかわいく描《か》けなかったけど、猫《ねこ》の毛並《けな》みの表現《ひょうげん》はうまくやれた気《き》がするな）
そんなことを考《かんが》えながら、テーブルの上《うえ》においてあったコーヒーを飲《の》みほしました。
「とりあえず、あとでネットにアップしてみるかな。少《すこ》しは反響《はんきょう》があるかもしれない」
そうつぶやいて、私《わたし》は画材《がざい》を片《かた》づけはじめました。
その時《とき》、妙《みょう》なことに気《き》づいたのです。
筆《ふで》を洗《あら》うためにコップに入《い》れていた水《みず》がなくなっていたのです。
（変《へん》だな。さっき、筆《ふで》を洗《あら》ったのに…………）
私《わたし》は首《くび》をかしげて、視線《しせん》を動《うご》かしました。
視線《しせん》の先《さき》に、コーヒーが入《はい》ったコップがありました。
飲《の》みほしたはずの…………。
どうやら、私《わたし》はコーヒーとまちがえて、筆《ふで》を洗《あら》った茶色《ちゃいろ》の水《みず》を飲《の》んでいたみたいです。
そういえば、だいぶ味《あじ》がうすいなと思《おも》っていました。
そのあと体《からだ》に問題《もんだい》はなかったのですが、数日間《すうじつかん》は、病気《びょうき》にならないか不安《ふあん》でした。
皆《みな》さんも、こんなミスをしないように、注意《ちゅうい》してください。

この作品は、集英社よりコミックスとして刊行された『絶叫学級』15、16、17、20巻をもとに、ノベライズしたものです。

集英社みらい文庫

絶叫学級《ぜっきょうがっきゅう》

つきまとう黒《くろ》い影《かげ》 編《へん》

いしかわえみ　原作・絵
桑野和明《くわのかずあき》　著

ファンレターのあて先
〒101-8050　東京都千代田区一ツ橋2-5-10　集英社みらい文庫編集部
いただいたお便りは編集部から先生におわたしいたします。

2017年12月27日　第1刷発行

発行者　北畠輝幸
発行所　株式会社 集英社
〒101-8050　東京都千代田区一ツ橋2-5-10
電話　編集部 03-3230-6246
読者係 03-3230-6080
販売部 03-3230-6393（書店専用）
http://miraibunko.jp
装丁　小松　昇（Rise Design Room）　中島由佳理
印刷　凸版印刷株式会社
製本　凸版印刷株式会社

★この作品はフィクションです。実在の人物・団体・事件などにはいっさい関係ありません。
ISBN978-4-08-321413-4　C8293　N.D.C.913　186P　18cm

集英社みらい文庫

第《だい》10弾《だん》

悪夢《あくむ》の花園《はなぞの》編《へん》

第《だい》11弾《だん》

いじめの結末《けつまつ》編《へん》

第《だい》12弾《だん》

家族《かぞく》のうらぎり編《へん》

第《だい》13弾《だん》

不幸《ふこう》を呼《よ》ぶ親友《しんゆう》編《へん》

第《だい》14弾《だん》

死《し》を招《まね》く都市《とし》伝説《でんせつ》編《へん》

第《だい》15弾《だん》

呪《のろ》われた初恋《はつこい》編《へん》

第《だい》16弾《だん》

満《み》たされないココロ編《へん》

第《だい》17弾《だん》

笑顔《えがお》の裏《うら》の本音《ほんね》編《へん》

第《だい》18弾《だん》

ナイモノねだりの報《むく》い編《へん》

第《だい》19弾《だん》

人気者《にんきもの》の正体《しょうたい》編《へん》

第《だい》20弾《だん》

いびつな恋愛《れんあい》編《へん》

「みらい文庫《ぶんこ》」読者《どくしゃ》のみなさんへ

言葉《ことば》を学《まな》ぶ、感性《かんせい》を磨《みが》く、創造力《そうぞうりょく》を育《はぐく》む……、読書《どくしょ》は「人間力《にんげんりょく》」を高《たか》めるために欠《か》かせません。たった一枚《いちまい》のページをめくる向《む》こう側《がわ》に、未知《みち》の世界《せかい》、ドキドキのみらいが無限《むげん》に広《ひろ》がっている。これこそが「本《ほん》」だけが持《も》っているパワーです。

学校《がっこう》の朝《あさ》の読書《どくしょ》に、休《やす》み時間《じかん》に、放課後《ほうかご》に……。いつでも、どこでも、すぐに続《つづ》きを読《よ》みたくなるような、魅力《みりょく》に溢《あふ》れる本《ほん》をたくさん揃《そろ》えていきたい。読書《どくしょ》がくれる、心《こころ》がきらきらしたり胸《むね》がきゅんとする瞬間《しゅんかん》を体験《たいけん》してほしい、楽《たの》しんでほしい。みらいの日本《にほん》、そして世界《せかい》を担《にな》うみなさんが、やがて大人《おとな》になった時《とき》、「読書《どくしょ》の魅力《みりょく》を初《はじ》めて知《し》った本《ほん》」「自分《じぶん》のおこづかいで初《はじ》めて買《か》った一冊《いっさつ》」と思《おも》い出《だ》してくれるような作品《さくひん》を一所懸命《いっしょけんめい》、大切《たいせつ》に創《つく》っていきたい。

そんないっぱいの想《おも》いを込《こ》めながら、作家《さっか》の先生方《せんせいがた》と一緒《いっしょ》に、私《わたし》たちは素敵《すてき》な本作《ほんづく》りを続《つづ》けていきます。「みらい文庫《ぶんこ》」は、無限《むげん》の宇宙《うちゅう》に浮《う》かぶ星《ほし》のように、夢《ゆめ》をたたえ輝《かがや》きながら、次々《つぎつぎ》と新《あたら》しく生《う》まれ続《つづ》けます。

本《ほん》を持《も》つ、その手《て》の中《なか》に、ドキドキするみらい――。

本《ほん》の宇宙《うちゅう》から、自分《じぶん》だけの健《すこ》やかな空想力《くうそうりょく》を育《そだ》て、〝みらいの星《ほし》〟をたくさん見《み》つけてください。

そして、大切《たいせつ》なこと、大切《たいせつ》な人《ひと》をきちんと守《まも》る、強《つよ》くて、やさしい大人《おとな》になってくれることを心《こころ》から願《ねが》っています。

２０１１年《ねん》　春《はる》

集英社《しゅうえいしゃ》みらい文庫《ぶんこ》編集部《へんしゅうぶ》